《读者》图书部 编

母亲的背是最安稳的床

陕西新华出版传媒集团
未来出版社

目 录

那种温暖戛然而止　001
我的母亲　008
妈妈的心　011
离别　013
给你人间寻常爱　016
母亲的时钟　018
母爱的重量　022
一觉睡到小时候　025
一个妈妈的承诺　029
母亲的背是最安稳的床　030
妈妈的礼物　031
母亲　035
妈妈的信　037
我亲爱的文艺老青年　041
爱的磁石　044
你不是一个失败的母亲　046
娘　049

一生最大的勇敢都来自母亲　054

疯娘　057

我的妈妈　066

母爱日记　069

丁香花开的时候　075

最后的母爱　079

请用我的眼睛看他一眼　081

妈妈的礼物　083

不死不休的爱　086

当母爱没有名字时　091

妈妈很早就醒了　095

生日里的康乃馨　098

母亲的舁歌　100

永恒的母亲　105

妈妈，稻子熟了　109

妈妈，谢谢你让我离开　111

荣光背后多少母亲痛　115

梧桐飘落的深秋　121

母亲的勇气　125

赋得永久的悔　127

母女深情溢笔端　132

那段岁月，那份爱　136

梦中的跋涉　140

我和妈妈的粥　142

母亲的手　146

从此不与爱抗争　148

母亲让我快乐魔术　153

母爱创造的奇迹　155

一日重生　157

让我看着你　162

你一看就是个当妈的　165

母爱巧克力　167

爱也悄然　170

远处，那一盏灯　174

那种温暖戛然而止

春 儿

我喜欢男孩,我一直认为男孩比较皮实比较好养。

后来,我真的有了儿子。

我给儿子起了一个名字叫——臭臭。

有孩子的日子是快乐的,每个孩子给父母带来的快乐都是无价的,都是永恒和真实的。现在回想起和臭臭在一起的那段时光,我仍然能感到那一份从心底涌出的温柔。那是一种能让钢铁熔化的温柔。

还记得,刚出生时,臭臭是那样的娇小和丑陋。红红的皮肤皱皱的,像一个小老头。我甚至不敢碰他不敢抱他。他不停地哭。饿也哭,渴也哭,拉也哭,尿也哭。很长时间我才醒悟,他所有的表达方式也只有这些了。于是开始学习怎样当一个合格的母亲。因为这个小小的生命只有靠我才能存活,他只有在我的怀里才会感到安全,才会安静地睡,才会停止哭泣。

我快乐地看着我的孩子,并真心地感谢上天赐予我这个如此美丽的小精灵。

随着孩子一天天长大,我发觉,原来我可以这样的温柔和宁静,可以这样的慈爱和善良,可以这样的勇敢和真诚。是的,我不停地发现着新的自己。

慢慢地,他开始学走路。开始他在学步车里学习。他学得很快。常常看到他的身影在家里冲来撞去。他的好奇心很足,看见镜子里的自己会微笑,然后亲一下,看见加湿器冒出的白气也会伸手去抓。在我给他做饭的时候,他会把车停在厨房门口,好奇地张望。他很依赖我,不论我在哪里,他都跟着。哪怕是我在洗澡或去卫生间,他都会重重地敲打着门,确认我在里面后,安静地等待我出去。

因为爱·母爱

我现在仍清楚地记得，那是1996年的春天，五月的微风温柔地吹拂着我绿色的短风衣。明媚的阳光温暖地照耀着我，一切都暖洋洋的，我呼吸着芬芳的空气，迈着轻快的步伐去接我的孩子。很突然，就同被雷击中了一般，我心中涌出来的幸福压得我要窒息，那是一种暖暖的暗流，轻轻地流遍我的全身，直达我的指间。那一刻我问我自己：还有什么不满足的呢？我有一个爱我的丈夫和可爱的儿子。我是多么的幸福。那是一种真真切切的、扎扎实实的幸福。那一年我25岁，我儿子刚刚一岁。

快乐的我啊，丝毫没有察觉到灾难就藏在我幸福的背后。它总是在你不经意的时刻来临。

在儿子一岁三个月的一天夜里，他突然哭闹起来，我和爱人一直哄着他，但他仍不停地哭，直到他哭累了，才睡去。第二天，他睁开眼睛的时候，左眼红红的。我抱他去医院检查，医生只是告诉我，点点消炎药水就好了。于是，我给孩子按时点药。但红还是没有消。快一个星期时，我又带孩子去检查。这次大夫好像很紧张的样子，仔细地查了又查，最后告诉我，孩子的左眼失明。而且，可能还有别的毛病。我惊呆了！一会儿医生把我的爱人叫了进去，当爱人出来后，脸色苍白地告诉我："臭臭可能是眼癌！"我一下就呆住了："眼癌？不可能！一定是错了！"我的孩子健康活泼，就算他的眼睛有问题，也不可能是什么癌！我不相信！我要去北京复查！

第二天，我和爱人带孩子去了北京。

结果终于出来了。

臭臭真的是视网膜母细胞瘤。真的是眼癌！我一下子跌坐到地上，很久才发现我已失声痛哭。我感到血被抽干了，心被揉碎了。医生说过：得这个病的孩子在走的时候两只眼睛都会瞎的，而且随着肿瘤的增大和游走，脸部会变形，惨不忍睹。

想着孩子欢笑的脸，我不能相信这一切是真的。他才一岁三个月啊！他的生命才刚刚开始，难道就要结束吗？这一切是真的吗？医生告诉我，臭臭现在可以化疗，也许还有50%的希望，但是他必须进行眼球摘除手术，包括眼眶。化疗的结果是这半边脸永远是他一岁时的脸，而那半边脸却正常生长。而且，即使手术成功、化疗成功也只能活到七八岁。当时我疯狂地抓着医生的手一个劲儿地喊："给他做手术！做手术！"但我清楚地知道，这对才一岁多的孩子而言太痛苦了，更残忍的是如果他活到了7岁，在他懂事以后，病痛带给他的心理伤害是不可想象的，因为他难逃一死啊！

那天晚上我和爱人做出了我们一生中最难做出的决定。我清楚地记得在做出这个决定时爱人那张没有血色的脸和悲伤的眼睛。我对爱人狂喊："不可以！医生说若不做手术，孩子会双目失明的，双眼会长出菜花一样的东西，头也要变形的。我该怎么办！当臭臭伸着双手呼唤我'妈妈，妈妈，你在哪里'时，我该怎么办？我会疯的！做手术吧！就算是倾家荡产、剜骨剔肉也要给他治啊！做了还有一丝的希望！我不能眼睁睁地看着我的孩子死去！"面对着我的歇斯底里，我爱人，我心爱的人只是使劲地抱着疯狂的我，向我吼道："春儿，你清醒一点！你难道让臭臭长到可以质问你'妈妈，我为什么不能活下来'的时候吗？你难道让他就用一只眼睛来面对这个冷酷的事实吗？你难道让他饱受身体的摧残还要面对那些好奇的目光吗？"然后他使劲地擦了一把眼泪。

孩子，原谅父母吧！我们是残忍的，但也是无奈的！我们必须这样决定。我们宁愿让你快快乐乐地活上一年，在你什么也不懂的时候走，也不要你受尽折磨才走。虽然我知道这个决定会让我把内疚背负一生。

第二天晚上，我独自背着我的臭臭，躲开了亲人。我背着他走在午夜安静的城市里，一直走着。我不知道要带他去哪里，也不在乎去哪里。我只知道我要背着他走，我要和他在一起。路上，我抱着我的臭臭问他："臭臭，妈妈爱你，你知道吗？"臭臭告诉我："知道。"我流着泪告诉他："臭臭，妈妈爱你，不管妈妈怎么做，你要知道妈妈是爱你的。"臭臭回答我："知道。"我问他："臭臭，你来世还做我的儿子好吗？"我的臭臭，什么话都会答的臭臭却什么也没说。我的泪水滴到了他的脸上。于是，我又换了话题问他："臭臭，你爱我吗？"他清楚地回答："爱。"

日子一天天地过，我还抱着一丝的幻想和希望。也许是误诊，或许会钙化，也许这一切都是梦幻。我每天早晨第一件事就是看孩子的眼睛，我提心吊胆地看着他睁开眼睛。如果，他向我微笑，如果，他清脆地喊我妈妈，我的一天就会很轻松很愉快地度过。但更多的时候他总是皱着小小的眉头，闭着眼睛赖在我的怀里告诉我："妈妈，我难受。"然后不停地翻转他小小的身体。每当这时，我的心就紧缩在一起，我能做的只是抱着他，紧紧地抱着他，希望能把他所有的疼痛都吸附到我的身上。我不停地告诉他："臭臭，妈妈在这里呢。不怕，妈妈在呢，妈妈抱着你呢。"然后让他在我的泪水和歌声中昏睡。我教会他很多的故事和诗歌，但我从不教他"疼""痛"和有关的字词，所以，他临走的时候仍只会告诉我："妈妈，我难受。"只有我知道这个难受的意思。那个难受里包含了多少不能忍受的折磨！

我的孩子活了958天，两年7个月15天。

我的臭臭活着的时候，他出奇的乖巧，出奇的聪明，他和同龄的孩子一样的可爱，不，甚至更机灵。他喜欢小汽车，我给他买了近百辆大小不同的小汽车，每天他都不停地摆弄他的车。是的，我溺爱他，倾我所有来满足他的愿望。看着他在不疼痛的时间认真地玩，对我是一种享受和幸福，我知道我看他的日子不会很多了。

在他病着的日子里，我用了很多偏方给他治病。我知道我很愚昧，但是一切都没有用。臭臭仍然做了手术。因为他的眼睛里的东西已长大了，真的突出来了，他合不上眼睛。每次我帮他合眼睛的时候，看到他应该是眼球的地方已被一块灰色的东西代替的时候，我都在颤抖。我真的快崩溃了，我知道，再这样下去，我会疯的。或者，我当时在别人的眼里已经疯了。

臭臭被推进了手术室，他小小的身体躺在大大的床上，那么的单薄和可怜。我望着手术室的门，我的生命似乎被抽干了。我向上天默默祈祷："让我的臭臭不要活着下来，让他死在手术台上吧。"我真的是疯了，世界上还有这样的祈祷词吗？但我当时就是那样想的。我知道，臭臭的眼睛将被挖掉。他那个眼睛的地方将是一个黑黑的窟窿。我害怕，我不知道我该怎样面对他的痛苦。我的爱人拉着我的手，我们坐在手术室外的台阶上，远离人群，紧紧地握着对方的手，那是我们唯一能抓住的东西。

手术车推了出来，我却躺到了另一张床上。我很虚弱，发自心里的虚弱。我支撑着起来，我必须起来，我是母亲。我看到了他安静的身体，小小的身体，一动不动地躺在床上。我抱起他，他是那么的轻盈，我抱紧他，我怕他飞走。他的左眼蒙着一块大大的纱布。他的麻药还在起着作用。他很安静。那一刻我忽然有个幻觉：是不是他死的时候也是这样的？我狠狠地咬了一下嘴唇——不要想啊。

臭臭醒了，他疯狂地拉着他脸上的纱布。他疼啊。麻药劲儿过去了，他挣扎着大叫:"妈妈,难受啊!妈妈啊!难受啊!"爱人用力地抓着他的手,一边喊我:"春儿,快点,帮我抓住他!不要让他把纱布拽掉!"我勉强站了起来,正在这时,臭臭挣扎着向我伸出了手并喊出了我一生中最难忘的一句话:"春儿!妈妈啊——"那个声音是那样的凄凉和无助,又是那样的震撼!

我终于崩溃了。我长这么大第一次晕倒了。

当我醒来时,臭臭已被打了安定针,昏睡过去了。

在医院的日子是没有记忆的日子,我现在只记得臭臭左眼上那一块白得刺眼的纱布。

我曾尝试过闭上我的左眼,想看看臭臭能看到的世界。当我看到后,我感到很悲哀。真的。

他常常用他那仅存的右眼信赖地看着我,那是一只清澈如泉水般的眼睛。眼睛里流露出的信任让我悲伤。

我是脆弱的。我从来就没敢看我孩子那做完手术的左眼。每次带孩子去换药的时候,我总是不敢进去。我躲到了眼科走廊。但我还是能听到臭臭狂喊:"妈妈——妈妈——"的声音。我躲到了电梯里,随电梯上上下下,用力捂住自己的耳朵,但臭臭的叫声仍能听到。那无奈地喊妈妈的声音飘荡在医院的每一个角落……

在他做完手术后,医生告诉我臭臭还能活半年。我真的以为他能活半年呢,但只有两个月,我的臭臭就走了。

臭臭要走了,我不知道。我真的不知道那是他要离开我的征兆。他不吃不喝,安静地躺在我的怀里,轻飘得像一片羽毛,他小小的眉头紧紧地皱着。他不停地在我的怀里扭动,不停地喊:"妈妈,难受。妈妈,难受。"

谁能救救我的孩子啊!

我把臭臭送到了医院。在病房,我爱人去取住院的东西,我抱着我的孩子,抱着即将离开我的孩子,我哭了,没有任何顾忌地放声哭了。我问臭臭:"为什么,为什么你要离开我!我是你的妈妈,可我为什么却救不了你啊!"是的,悲哀的不是孩子有病,是我做妈妈的救不了孩子,我只能眼睁睁地看着他离开我。在空空的病房里,我无奈的哭声在回荡。上苍有灵啊!如果泪水能唤回我的臭臭,我宁愿让我的泪流成海!如果用我的生命能救回我的孩子,我情愿死一万次!我的孩子，我的臭臭！只有他能听得到我的呼唤。但他已昏迷了。

臭臭走了。永远地走了。真的走了。我永远记得那一天：1997年10月9日。我的灵魂被永远地带走了。

但我仍感谢上苍。他走的时候没有像医生预言的那样，他的面貌没怎么变。虽然他的脸有些轻微的变形，但他的右眼没有失明，他临走的时候仍看得见我，他仍能准确地用他的小手紧紧地抓住我的手，他仍知道他的妈妈在他的身边——永远！

我选择了给他火葬。老人告诉我，这么小就夭折的孩子最好埋在路边。我坚决不同意。臭臭在世的时候已饱受折磨，我不能容忍他小小的身体在冰冷的泥土中孤单地睡去，不能想象他的身体受虫蚁的侵害。我怕他冷，怕他寂寞，怕他醒来哭喊着找妈妈。我要他化成轻烟，随风散去。我要他干干净净地来，干干净净地走。

但火葬的时候我没有去，我不敢去。我无法面对我死去的孩子，我怕自己控制不了自己。我的爱人和我的同事去送的臭臭。回来后，我望着我的爱人默默地流泪。我的爱人啊，我坚强的丈夫，在孩子有病的时候他没有哭过，但此刻，他在床上打着滚，用力抓着自己的胸膛，撕扯着衣服，放声大哭。他只是不停地告诉我："春儿，我疼啊！我心疼啊！"我抱住他的头，他虚弱得像一个婴儿。他喃喃地告诉我："我把臭臭的奶瓶放到了他的身边，还有他的小玩具陪着他。我把他从冷柜里抱出来的时候，他那个样子就像在睡觉，我亲了亲他的脸。我总感觉他马上能睁开眼睛喊爸爸似的。我把他脸上的纱布摘了，我不要他在投胎的时候还带着那块可恨的纱布。"

晚上，我和爱人把臭臭所有的玩具、衣服和臭臭用过的东西、照片和我的日记，到十字路口全部烧掉了。

我悄悄地留下了臭臭的一缕胎毛和一张他百天的照片。在那张照片上我有一张幸福的笑脸，快乐地拥抱着我的孩子。这是我留下的与臭臭的唯一的联系，也是我做过母亲的唯一纪念。再有，就是我对臭臭永远的记忆和无尽的思念。

我仍不记得那一夜我和爱人是怎样熬过的了，那一夜我没有记忆。

第二天上午，我把我的睡衣和爱人睡觉时常穿的背心剪了，在胸口那个地方剪的。我小心地把臭臭那少得可怜的骨灰包了起来。我期望在冥冥之中臭臭能感到温暖,感到父母的呵护和体温。但是,去埋葬孩子的时候,爱人仍没让我去,所以至今我仍不知道我心爱的臭臭的坟在哪里。

我的孩子这一次真的走了,我今生今世再也看不到他了,再也听不到他清脆的笑,再也听不到他那特有的喊妈妈的声音了。

除非在梦里。

我的母亲

〔日〕北野武　陈宝莲 / 译

小学时，母亲是如何逼我读书，而我又是如何不肯读书、老想着打棒球，一直是我最深的记忆，也是我们母子之间最初的较量。邻居大婶看我那么爱打棒球却没有手套，觉得我可怜，于是在我生日时偷偷帮我买了棒球手套。但母亲根本就不准我打棒球，就连拥有手套也会惹她生气。

我家只有两个房间加一个厨房，一个房间四叠半，另一个房间六叠。根本没有"自己的房间"这类时髦玩意儿，所以没处藏手套。不过走廊尽头，有个勉强算是院子的地方，种着一棵低矮的银杏树。于是我把手套包在塑料袋里，偷偷埋在银杏树下，假装没事的样子。

每逢打棒球时我才挖它出来。有一天，当我挖开泥土时，手套不见了，只见塑料袋里装着一堆参考书……

母亲认为我迷恋棒球，是因为空闲时间太多，便又安排我去英语和书法补习班。足立区附近极少有英语补习班，于是我去了三站地之外的北千住补习。我骑自行车往返，假装乖乖去上课，其实都是跑到附近的朋友家或公园，玩到时间差不多时再回家。

有一次，一回到家，老妈迎面就说："Hello, how are you？"我一时不知该怎么办，默不作声，结果挨了一顿好打。"你没去上课吧？！要说'I am fine'，混蛋！"这真叫人不寒而栗。她怎么知道那些英语的？不会是和美国大兵交往了吧？我的补习费可能是美国人出的？太令人不安了。

其实她是为了我，硬学会了那几句。

母亲的背是最安稳的床

终于有一天,当我上电视演出,酬劳超过百万时,我不知怎么回事,又想回那个久别的家了。打电话过去时,心脏还猛跳。是母亲接的电话:"最近上电视,赚到钱啦?"语气非常温柔。不料,我才说"还可以啦",她立刻缠着我说:"那要给我零用钱!"这当妈的怎么回事,真会扫兴。既然如此,就让她见识一下。我准备了三十万现金,还请她到寿司店。

"妈,这是给你的零用钱。"我想给她惊喜。

她问:"有多少?"

我得意地说:"三十万。"

"就这么一点儿?"不变的刻薄语气,"不过三十万块钱,就一副了不起的样子!"

我能怎么办?当然是不欢而散,发誓再也不回家了。麻烦的是,电话号码已经告诉她,从那以后,过两三个月她必定打来要钱。

……

"我要走了。"

母亲突然握住我的手:"小武!"眼眶湿润。

我安慰她说:"我还会再来。"

她突然回我:"不来也行,只要最后再来一次。"语气变得强硬,"下次你再来时,我的名字就变了,因为取了戒名。葬礼在长野举行,你只要来烧香就好。"她又恢复成彻底好强的母亲。我挥手跟姐姐告别。在零售店买罐啤酒,跳上停在眼前的车厢,里头空荡荡的。车子钻过隧道,远处高崎的灯光忽隐忽现,猛然想起来时姐姐交给我的袋子。虽然医生说她没问题,但拿这个有点脏的小袋子当纪念遗物,母亲真是年老昏聩了吧?说她脑筋还正常,其实已经痴呆,搞不好里面装着菊次郎的丁字裤。我打开了袋子。

这是啥?我一时无言。竟然是用我的名字开的邮政储蓄存折!翻开来看,排列着遥远记忆中的数字:

1976 年 4 月 × 日 300000

1976 年 7 月 × 日 200000

……

我给她的钱,一元也没花,全都存着。三十万、二十万……最新的日期是一个月前。轻井泽邮局的戳印。存款接近一千万日元。车窗外的灯光模糊了，这场最后的较量，我明明该有九分九的胜算，却在最终回合被翻盘。

妈妈的心

三毛

去年春天,我在美国西雅图附近上学,听说住在台湾的父母要去泰国旅行,赶快拨了长途电话。

有一种项圈在台北就有卖,只是价格贵了很多,我看了几次都没舍得买。

听说妈妈要去清迈,那儿正好是这种项圈出产的地方,当然急着请求她一定要为我买回来,而且要多买几副好送人。

长途电话中,做女儿的细细描述项圈的式样,做母亲的努力想象,讲了好久好久,妈妈说她大概懂了。

启程之前,母亲为了这个托付,又打了长途电话来,这一回由她形容,我修正,一个电话又讲了好久好久。

等到父母由泰国回来时,我又打电话去问买了没有,妈妈说买了三副,很好看又便宜,价格只是台北的1/18,言下十分得意。接着她又形容了一遍,果然是我要的那种。

没过几天,我不放心,又打电话去告诉妈妈:"这三副项圈最好藏起来,不要给家中其他的女人看到抢走了。"妈妈一听很紧张,立即保证一定密藏起来,等我六月回来时再看。

过了一阵,母亲节到了,我寄了一张卡片送给伟大的母亲,又准备在母亲节这一天,打电话去祝福、感谢我的好妈妈。正想着呢,台湾那边的电话却来了,我叫喊:"母亲节快乐!"那边的声音好似做错了事情一样,说:"项圈被妈妈藏得太好了,现在怎么找都找不到,人老了,容易忘记,反正无论如何是找不到了。"

我一急，也不知体谅人，就在电话里说："你是最伟大的妈妈，记性差些也不要紧，可是如果你找得出那些项圈来，一定更有成就感，快快去想呀。"

那几天，为了这三副项圈，彼此又打了好几回电话，直到有一天清晨，母亲喜出望外的电话惊醒了我，说找到了。"好，那你再去小心藏起来，不要给别人抢去，下个月我就回来了。"我跟母亲说。

等我回到台湾后，放下行李，立刻向母亲喊："快拿出来看看，我的项圈。"

听见我讨东西，母亲轻叫一声，很紧张地往她卧室走，口中自言自语："完了！完了！又忘了这一回藏在什么地方。"父亲看着这一场家庭喜剧，笑着说："本来是很便宜就买来的东西，你们两个长途电话打来打去，价格当然跟着乱涨，现在算算，这些电话费，在台北可以买上十副了。"说时，妈妈抱着一个椅垫套出来，笑得像小孩子一样，掏出来三副碰得叮叮响的东西。

我立即把其中的一副寄到美国，给了我的以色列朋友阿雅拉，另外两副恰好存下来拍照片。

两个月之前，新象艺术中心又叫人去开会，再三商讨歌舞剧《棋王》的剧本。我穿了一件大毛衣，挂上这副项圈，把另一副放在大信封里。

当我见到担任《棋王》歌舞编排的弗劳伦斯·华伦时，我把信封递上去，果然给了这位美丽的女子好一个惊喜。当她上来亲吻我道谢时，我将外套一拉，露出自己戴着的一副，笑喊着："我们两个是一样的。"

只留了一副下面铸成心形的项圈给自己，那是妈妈给的心，只能是属于孩子的。

离 别

于建嵘

每一次离开母亲，我都是难过的。这一次更是如此，甚至有些悲伤。

临行前，大姐试图与我讨论母亲百年后的一些安排。我非常不高兴，很生气地把自己关在房间里，不愿意理睬她。

事实上，我知道大姐是对的。母亲已经八十五岁了，自三年前生了一场大病后，身体状况一直欠佳。最近一段时间，她经常大小便失禁，时常处于意识混乱的状态，甚至已经不认识身边的至亲近友。许多亲朋好友都认为是时候该考虑母亲的后事了，但我无论如何也不愿意承认这一点。我反驳的最重要的证据就是，无论我什么时候出现，她都能清晰地说："你是我的满崽（湖南方言，指家里最小的儿子）。"

我是母亲的满崽，这是千真万确的。母亲共生育了四个孩子，除我哥哥已经病逝之外，我还有两个姐姐。在我们姐弟中间，我与母亲一起生活的时间最长，应该有五十年。

"文革"期间，我父亲被打成了土匪加当权派。母亲带着我们几个孩子被强制下放农村，又被恶人欺负而流落街头。在成为"黑人"在街头讨生活的岁月里，我与母亲从来没有分开过。"文革"后，父亲虽被平反，但已被迫害致死，因此母亲再没有被安排正式工作。她在城里打零工，供我读高中。1979年，我十六岁，参加了高考。记得在得知高考分数达到了大学本科录取分数线那一天，我对母亲说过这样的话："从今天开始，您就不要怕了。四年以后，我一定要让您过上衣食无忧的生活，我绝对不让您在街头流浪。"应该说，我履行了自己的承诺。我大学毕业后，母亲就再没有外出打工，一直同我生活在一起。我们最初在衡阳，然后到了北京。2012年母亲突发脑溢血，生活不能自理，先是大姐赶过来照顾她，后来她说想回老家看看，就回到了湖南永州大姐家，便再也不愿意回北京长住了。大姐说，母亲是想叶落归根了。

　　我知道，我一直是母亲的骄傲。当年，在我们那个小城，考上大学本科的没有几个人，左右街坊经常以我为榜样，教育自己的孩子："瞧，你看人家的孩子，没有父亲，母亲没有文化，打零工为生，自己流浪多年，也没有正经读过小学和初中，竟然考上了大学，还是本科啊。"每当这时，母亲就会感到幸福，但她一定会谦和地说："话不能这样说，会读书有什么用呢？"后来，我大学毕业了，母亲跟着我走南闯北，总的来说，她对生活还是满意的。如果有人在母亲面前显摆某某当了多大的官、某某发了多大的财，她就会说："我儿子没有当官，但他会写文章，还出了好多书呢；我儿子没有发财，但我们也从来没有饿着和冻着啊。"

　　我也知道，我亦是母亲担忧之所在。在她平静的生活中，实际上有着深深的忧虑。她最担心我受到他人的伤害，但她从不轻易表达出来。在我的记忆中，只有少数几次，当我因坚持不加入任何党派而被告知不适合在政府机关重要岗位工作、必须调离时，母亲说："当教师也是很好的，只是……"只是什么？母亲并没有说，但我是知道的；当我做律师办了几起为民申冤的案件，有人跪在我家门口感谢，也有人来家里闹事时，母亲说："为老百姓打抱不平是应该的，只是……"只是什么？母亲也没有说，我也是知道的；当我写文章批评政府，还掀翻官员的饭桌，引起社会争议时，母亲说："做人就得明是非，就得有骨气，只是……"只是什么？母亲还是没有说，我当然更是知道的。因为知道，我对母亲也就有着深深的愧疚。有时，为消除母亲的恐惧，我也想变得中庸一些。可每当此时，我就会想起我和母亲成为"黑人"时遭受的耻辱，我就想坚持下去。只有坚持，才能有所改变，天下的母亲和孩子才不会成为"黑人"。对此，母亲应该是理解的。因为她多次说："你受了那么多苦，又读了那么多书，比妈懂道理。只要你坚持清廉和善良，妈都支持你。"

　　自母亲回湖南老家休养后，我一有时间就往永州跑，差不多每一两个月就要回去一次。起初，母亲看到我回来，会很心疼地说："没事跑来跑去干什么？赚点钱都买机票了不说，跑一次要三四天，累不累啊？"我总会说："妈妈在哪里，家就在哪里。我有时间不回家，您让我到什么地方去啊？"她听后，会很高兴地哈哈大笑。后来，随着病情加重，她的记忆出现了问题，明明我刚离开她回到北京，她却在电话里说："你什么时候回来看我？我好久没有看到你了。"每听到此，我的心就会颤抖，我会自责，会恨自己分身乏术，责怪自己无力医治母亲的病痛。再后来，就是现在，她已不记得谁来看过她了。但我知道，她的内心深处一定记得我，一定在盼望我的守护。

母亲一天天老去，我的心也一天天沉重起来。我现在经常不由自主地回想同她一起经历过的苦难和欢乐。有一种观念，越来越清晰了，那就是，母亲才是我的精神家园。这几十年的奋斗，无论多么艰辛，只要想着她，我就有了力量，有了奋斗的勇气，有了克服困难的智慧。我甚至想，如果没有她对我努力成果的分享，我的成功还有任何意义吗？这也许正是我害怕讨论与母亲离别的话题的原因吧。

自然法则是不可改变的。母亲终究要老去，无论我如何不愿意，无论我如何努力，与母亲最终离别的那一天，正在一天天逼近。我必须痛苦地面对，但我不能因此沉沦。因为，母亲曾多次教育我，天下还有许多同我们有一样经历的"黑人"，努力改变这个社会，就是为了母亲。如果我放弃了努力，下辈子还有什么资格再成为母亲的满崽？

给你人间寻常爱

邓海燕

一天,十二岁的儿子放学回家,忽然问我:"妈妈,假如——假如啊,你别当真,我说的是假如。"我看他如此郑重,便有些好奇,说:"我知道你是假如,假如怎么样?""假如,我被很严重地烧伤了,需要植皮……"我打断孩子的话,当即接口:"妈妈自然给你我自己的皮肤。"孩子摇头:"我当然知道你会给我。可我说的不是这个。你听我说,植皮手术只能在人清醒的时候进行,如果供皮人昏死过去或者被麻醉,都不会有效果,而这种痛苦人是没法忍耐的。如果是这样,你怎么选择?"我说:"我当然选择不打麻药。"儿子说:"那你就会昏死过去了,植皮也是没用的。"我说:"那,那可怎么办呢?""告诉你吧,有个妈妈可伟大了,她选择了不打麻药,并且要求医生在她痛昏过去时就把她唤醒,一次又一次,最后终于植皮成功。"听了孩子讲的故事,我不禁心怀惴惴:我怎么就没有想到这样的办法,难道面对那样的生死考验,我会退缩吗?这个故事一直缠绕在我的心间,为自己母爱的不够而惭愧。

时隔不久放暑假,儿子的父亲邀儿子去南方他那里。一个月之后回来,儿子对我们朴素的家便百般挑剔。他满怀羡慕喋喋不休地跟我说起父亲的大房子和漂亮的车,以及在父亲家中过的随意而奢侈的生活,然后仰头问我:"你不是总说最爱我吗?可为什么舍不得为我花钱?你为什么不能让我过像妹妹那样的生活呢?"本来欢喜的我顿时沉默了,内心百般惶惑痛苦,眼泪随即涨满眼眶。单亲八年,独自带孩子的那份艰辛困苦无法对人言,原以为孩子会懂得,哪料到糖衣炮弹是如此厉害。

面对孩子，我竟不知如何回答。忽然又想起那个伟大妈妈的故事，刹那间心地洞明。我认真地对孩子说："妈妈是普通女子，没有能力挣更多的钱让你过上更好的生活。并且假如你遇到类似需要植皮的生死考验，我也很可能想不出、做不到那样伟大的行为。我能够给予你的不过是人间最寻常最普通的爱：在你哭泣时会立刻把你抱起，在你需要的时候会耐心地陪你游戏，把我全部的时间和精力都给你，看着你每一天的成长。如果你觉得这些爱抵不过物质金钱，妈妈尊重你的选择，你可以去你爸爸那边生活。"

儿子愣住了，然后望着我说："不，我要和妈妈在一起，没有妈妈在身边，那样的生活我不再羡慕。我也不期待什么生死考验，只要妈妈每天给我的那些寻常爱。"

是啊，我们都是普通人，无法用千金宝马赢得心爱之人的展颜一笑；我们也遭遇不到考验生死的机会，无法演绎那样荡气回肠的故事。于是，在那些平淡琐碎的日子里，我们能够给予最爱的人的，不过是那人间最寻常的爱。那一蔬一饭，一言一语，一寸寸光阴，是我们能够付出的最卑微也最宝贵的爱。

母亲的时钟

鲁 彦

二十几年前,父亲从外面带了一架时钟给母亲:一尺多高,上圆下方,黑紫色的木框,厚玻璃面,白底黑字的计时盘,盘的中央和边缘镶着金漆的圆圈,底下垂着金漆的钟摆,钉着金漆的铃子,铃子后面的木框上贴着彩色的图画——是一架堂皇而且美丽的时钟。那时这样的时钟在乡里很不容易见到,不但我和姐姐觉得非常稀奇,就连母亲也特别喜欢它。

母亲最先把那时钟摆在床头的小橱上,只允许我们远望,不许我们走近去玩弄。我们爱看那钟摆的摇晃和长针的移动,常常望着望着便忘记了读书和绣花。于是母亲搬了一个座椅,用她的身子挡住我们的视线,说:"这是听的,不是看的呀!等一会又要敲了,你们知道自己呆看了多长时间吗?"

我们喜欢听时钟敲响的声音,常常问母亲:"还不敲吗,妈?你叫它早点儿敲吧!"

但是母亲望了一望我们的书本和花绷,冷淡地回答说:"到了时候,它自己会敲的。"

钟摆不但会动,还会嘚嘚地响下去,我们常常低低地念着它响的次数。但母亲一看见我们嘴唇的翕动,就生起气来。

"你们发疯了!它一天到晚响着,你们就一天到晚不做事情吗?我把它停了,或是把它送给人家去,免得害你们……"

她虽然这样说,却并没把它停了,也没把它送给人家。她自己也常常去看那钟,天天把它揩得干干净净。

"走路轻一点！不准跳！"她几次对我们说，"震动得厉害，它会停止的。"

真的，母亲自从有了这架时钟以后，她的举动就更加轻了。她到小橱上去拿别的东西的时候，几乎屏住了呼吸。这架时钟开足发条后可以走上一个星期。不知母亲是怎样记得的，每次总在第七天的早晨不待它停止，就去开足发条。

这在我们简直是件苦恼的事情。因为自从有了时钟以后，母亲对我们的监督愈加严了。她什么事情都要按着时间做，甚至规定了早起、晚睡和三餐的时间。

冬天的日子特别短，天亮得迟，黑得早。母亲虽然把我们睡眠的时间略略改动了些，但她自己总是照着平时的时间作息。大冷天，天还未亮，她就起来了。她把早饭煮好，房子收拾干净，拿着火炉来给我们烘衣服，催我们起床。

"立刻要开饭了，不起来就没有饭吃！"她说完话就去预备碗筷。等我们穿好衣服，脸未洗完，她已经把饭菜摆在了桌上。倘若我们不起来，她是决不等待的，我们要一直饿到中午，而且她半天也不理睬我们。

每次她对我们说几点钟的时候，我们几乎都有了恐惧，因为她把我们的一切都用时间来限制，不准我们拖延。我们本来是喜欢那架时钟的，以后却渐渐对它憎恶起来。

"停了也好，坏了也好！"我们常常私下说。但是它从来不停，也从来不坏。

那时钟，到后来几乎代替了母亲的命令。母亲不说话，它就下起命令来。我们正睡得熟，它叮叮地叫着，逼迫我们起床；我们正玩得高兴，它叮叮地叫着，逼迫我们睡觉；我们肚子不饿，它却叫我们吃饭；肚子饿了，它又不叫我们吃饭……我们喜欢的是要快就快、要慢就慢、要走就走、要停就停的时钟。

我呢，自从第一次离开故乡后，也就认识了时钟的价值，知道了它对于人生的重大意义，早已把憎恶它的心思变为喜爱了。我记得第一次回家随身带着的是一只新款的夜明表，喜欢得连半夜醒来也要把它从枕头下拿出来观看一番。

"你看吧，妈，我这只表比你那架旧钟有用多了。"我说着把它放在母亲的衣下，"黑角里也看得见，半夜里也看得见呢！"但是母亲并不喜欢它，她冷淡地回答说："好玩罢了，并且是哑的。要看谁走得准、走得久呀。"

幸而母亲对我的态度改变了。她把我当作客人似的，每天早晨并不催我起床，也并不自己先吃饭，总是等着我，一直到饭菜冷了再热一遍。她自己仍是按时早起，按时煮饭的，但她不再命令我依从她了。"总要早起早睡。"她偶然也在无意中提醒我，而态度却是和婉的。

然而我始终不能依从她的愿望。我的习惯一年比一年坏了：起得愈来愈迟，睡得也愈来愈晚，一切事情都漫无定时。我先后买过许多表，的确都是不准确，也不耐用的；到后来，索性连这一类表也没用处了。

但母亲依然保留着她那架旧钟。屋子被火烧掉了，她抢出了那架旧钟；几次移居到上海，她都带着那架旧钟。"给你买一架新的吧，旧的不必带到上海去。"我说。母亲摇一摇头说："你们用新的吧，我还是要这架用惯了的。"

到了上海，她首先拿出那架旧钟来，摆在自己的房里，仍是自己管理它。它和海关的钟差不多准确，也不需要修理添油。只是外面的样子渐渐老了：白底黑字的计时盘上起了斑疤，金漆也一块块地剥落了。

去年秋季，母亲最后一次离开了她深爱的故乡。她自知身体衰弱到了极点，临行前对人家说："我怕不能再回来了。上海过老，也好的，全家人在眼前……"这一次她的行李很简单：一箱子的寿衣，一架时钟。到得上海，她又把那时钟放在她自己的房里。果然从那时起，她起床的时候愈加少了，几乎一天到晚都躺在床上，而且不常醒来。只有天亮和三餐的时间，她还会按时醒来。天气渐渐冷下来，母亲的病也渐渐严重起来，不能再按时去开那架时钟，于是管理它的责任便到了我们的手里。

"要在一定的时候开它。"母亲告诉我们，"停久了，就会坏的。你们且搬它到自己的房里去吧，时时看见它就不会忘记了。"但是在母亲去世前的一个月里，我们忽然发现母亲的时钟有了异样：明明才开足两三天，响声也急促有力，却在我们不注意时停止了。我们起初怀疑是没放平稳，随后以为是因孩子们奔跳时震到了它，可是都不能证实。

不久，姐姐从故乡来了。她听到时钟的变化，便失了色，绝望地摇一摇头，说："妈的病不会好了，这是个不吉利的预兆……""迷信！"我立刻打断了她的话。过了几天，我忽然发现时钟又停止了，是在夜里三点钟。早晨我到楼下去看母亲，听见她说话的声音特别低，问她话老是无力回答。到了下半日，我们都在她床边侍候着，她昏昏沉沉地睡着，很少醒来。我们喊了许久，问她要不要喝水，她微微摇一摇头，非常低声地说："不要喊我……"

我们知道她醒来后会感到身体的痛苦，也就依从了她的话，让她安睡着。这样一直到深夜，我们看她低声哼着，想转身却转不过来，便喂了她一点点汤水，问她怎样。

"比上半夜难过……"她低声回答我们。

我觉得奇怪，怀疑她昏迷了。我想，现在不就是上半夜吗，她怎么当作了下半夜呢？我连忙走到楼上，却又不禁惊讶起来：原来母亲的时钟已经过了一点钟。

我不明白，母亲是怎样听见楼上的钟声的。楼下的房子很高，楼板又有两层。自从她的时钟搬到楼上后，她曾好几次问过我们钟点。前后左右的房子空的很多，贴邻的一家，平常没听见有钟声，附近又没有报时的鸡啼，母亲怎么知道现在到了下半夜呢？是母亲没有忘记时钟吗？是时钟永久跟随着母亲吗？

我想问母亲，但是母亲不再说话了。一点多钟她闭上了眼睛，正是头一天时钟自动静默下来的那个时候。

失却了这样的一位主人，那架古旧的时钟怕是早已感觉到存在的悲苦了吧？唉……

母爱的重量

凸 凹

周末早起，总有愁绪萦怀，隐约感到应该干点什么才是。对，去看望母亲。

母亲患高血脂、高血压、冠心病，又有腿疾，却一直坚强地独立而居。几种药物都是我买的，而社保卡有限制，"贪"一下也没几粒药丸，就索性自费。其实是我舍不得时间，索性一次备下一两个月的用量，我便可以安心于创作。如果像那些无所用心者，每周都出现在办理社保的窗口，也自然可以省去过多的花费。但钱与时间相比，我自然选择后者。

到了母亲的住处，居室的门竟锁着。

想到母亲灶间的煤气可能快用完了，就径直到了配房里的灶间。

虽然从入冬到现在已过数月，但煤气罐的重量还是很沉，母亲真是用得节俭。我所居的小区通了天然气之后，我就把煤气本给了母亲。指标内的煤气一罐才四十三元，她居然也这么节省，让我心酸。

不久母亲回来了。我大叫一声"妈"，她答应得脆亮，同时亮的还有她的目光。五十岁的儿子还像小时候那样叫她，她心中受用。

她说，我去村西头的小店，吃了两根油条、一碗老豆腐。

我说，您血脂高，少吃油腻的为好。

她说，你妈就好这口，谁管它好不好。

她突然想起了什么，戳着手中的木杖，急迫地朝灶间拽去。她的腿疾在膝盖，关节劳损，不能直行，"拽"是快速的动作。

她掀开锅盖，说了一声"完了"，就朝我傻笑。

母亲每当做错了什么事情，就是这个表情。

原来，她知道我爱吃田间的苦苣，就拖着病腿剜了一些回来。她也推断我今天会来，就上火焯它一下，好让我省去此环节，带回去直接凉拌。但她忘了马上捞出来，菜就一直浸在热水里，软了。

我打趣道，软就软了，省得费牙。

她说，吃野菜就得用牙，有咬劲才有味道，看来，你妈真是老得没用了。

我说，没用也是妈，您站在那儿就有用，让我感到，自己虽然足够老，但依旧年少，因为父母是儿女的尺子。

她说，我儿子就是会说话，总是哄妈高兴。

我一直以为，孝顺的前提是"顺"，不仅要供奉钱物，更要供奉好心情。

进了她的房间，我扶她坐下，问她腿上的浮肿消了没有。她毫不犹豫地回答，消了。

她长期服用降压药，有药物反应，中医叮嘱，要时常服一点五苓胶囊，祛湿化瘀。服用之后，果然见效，浮肿渐渐地消了。

由于她回答得果断，我便心中生疑，蹲下身去，挽起她的裤腿——脚腕亮而腴，一摁一陷，实实在在地肿着。

我说，您是不是停药了？

她答非所问，说，只是腿肿，既不碍吃喝，又死不了人。我说，您老真不听话，几粒药也花不了几个钱。

她马上接上话茬儿说，还没几个钱呢，小小的一盒药就好几十块，腿不肿，我心肿。

我说，怎么就心肿？你儿子堂堂的一个处级干部，国家公务员，每月工资好几千块，能把药店里的药柜子整个给您搬过来。

你就吹吧，她说，人就怕算细账——我孙子到了娶媳妇的年纪，你要给他买房子、车子，还不都得要票子？你是属兔的，即便是肥兔子，也拔不下几把毛来，除非你去吃夜草、取身外之财。这种事你甭说是去干，就是想一想，我也都整宿整宿地睡不着觉。

我说，您老放心，我是个文化人，明白事理，不会发生您所担心的事。

这可不见得，她说，有的时候，越是明白人，越会做糊涂事，比如你二舅。

因为爱·母爱

他那时当着村里的支书，一直大公无私，但那年水灾之后，上边送来成车成车的救济物资，堆在场院，像座小山。以为毛多不显秃、不易被察觉，你舅顺手就往家里多拿了几捆布匹——他家里孩子多，都露着腚呢。不期就被人发现了，举报到上边，被铐走了。大家都知道他不是贪心的人，是一时糊涂，就为他求情——批评教育一下就成了，切莫铐人。上边说，盗窃救济物资不同平常，要严办。你看，"好处"这种东西身上就有"邪劲儿"，会让人身不由己。

我说，虽说"常在河边走，哪有不湿鞋"，可我待的单位，是清水衙门，没多少油水，即便是想"湿"，也湿不了。

她说，你这又错了，为什么？你看，咱们村前这条马路，常有拉煤的车经过。车稍一咯噔，就会掉下来一些煤渣，虽然不起眼儿，但只要你长年地捡，也能捡出成吨的煤。你再看，东头占地拆迁，拆剩下一些碎砖烂瓦，大家都以为是弃物，可我一点一点地捡回来，也堆成了一大垛，也盖起了一间厨房，这你是知道的。我的意思是说，再零碎的东西，也怕捡，捡多了也成气候；再寡淡的油水，也怕刮，刮多了，也肥。妈知道你是个本性清正的人，但就怕你身后有用度，一有用度，本钱不够，就会自生邪心，所以，咱们必须算计着花钱。

母亲的一番话，让我看到了母爱的模样——母爱，总是垂下身来的姿态，是忘我的呵护。那么儿女呢？要想无愧地承受这大爱，就要站稳脚跟、挺直腰杆——因为爱是有重量的！

看一眼母亲，由于齿稀而唇瘪，由于衰老而发白，让人感到岁月的无情。我情不自禁地把她抱进怀里，眼泪也止不住地滚落下来。母亲眼里也有了泪光。她毕竟多病，无奈于生活，承受不起这过于温柔的情感了。面对这样的母亲，我暗暗对自己说：对她最大的孝顺，便是更加清正地做人。

一觉睡到小时候

巩高峰

我妈抠门儿,那可是远近闻名。就拿我身上这条裤子举例吧,这条蓝卡其裤子最早是我大姐的,她穿旧了给我二姐,我二姐穿短了又给我。到我腿上时,膝盖那里已经磨得快透明了,随时会破个洞露出膝盖来。

那条裤子又旧又皱又难看也就算了,裤脚还在我脚踝上面。最令人无法接受的是,它还是女式的!女式裤子的裤门不是在前面,而是开在左侧腰胯那里,这意味着每次上厕所,无论大便还是小解,我都要蹲下来。

想想这个情景,我都快哭了。可是这些我不能跟我妈说,我一个男的,说这些多难为情啊。所以我眼睁睁地看着我妈熟练地把裤脚拆了线,放了下来,这样才勉强遮住了我的脚踝。我知道,哭闹是没用的,我这个年纪了也没脸用这一招儿。

谁知第二天我把真相只藏了一节课,就因在课间上厕所时的扭扭捏捏被后座的刘双燕发现了。别看刘双燕的名字很娘,其实他是男生,光他的名字就被我们取笑了好几年。如今终于逮着机会让大家把焦点从他那儿引开,所以特别兴奋。留意到我的奇怪举止,他马上亮出大嗓门道:

"哟,女孩子尿尿才会脱裤子蹲着,你这是为什么呢?"

刘双燕提醒了大家,一阵观察之后,窃笑声四起。

"你不是女扮男装的吧?"

因为笑点新鲜出炉,于是大家都不肯出厕所,任由哄笑一阵又一阵爆发开来。我平日里能言善辩,可现在一句话也没有。面对大家的调侃,我只好假装什么也没发生,低着头,脸红耳热,找个机会挤出厕所奔逃回教室。

因为爱·母爱

　　刘双燕这么一闹，整天下来我觉得自己好像穿着一条钉子裤，浑身上下哪里都不舒服。放学路上，我成功地让裤子的两个膝盖开了窗户。

　　谁知我妈看到我的裤子破成那样儿，一脸淡定地搬出针线筐，找出两块布，飞针走线，一会儿工夫，两扇窗户就合上了。好在两块补丁跟裤子颜色相近，针脚也整齐，乍一看几乎看不出补丁来。

　　但是同学们的嘴可不是用补丁能补上的，他们把两片嘴唇上下一碰，讥诮和笑声就出口了，如乱箭穿心，我还无处可躲。

　　要说裤子短一点儿也不是什么大毛病，我正长个儿呢，感觉裤子每年都在变短，可问题是女式裤子裆浅，一旦我大步跑起来，裤裆很容易就会"刺啦"一声绽了线。为这事儿，我妈补了一次又一次，从裤裆到屁股，再回到膝盖，有时是无意的"天灾"，有时是我的"人祸"。没办法，我妈后来找了一块特别结实的劳动布，加宽了裤裆，才算解决了这个难题。

　　可另一个问题没法解决——我的情绪。自从那条裤子上身，我几乎变了一个人，回到家不是少言寡语就是牢骚满腹，暴躁易怒。我妈似乎隐约猜到了什么，把针线筐摆在膝盖上，看着它出半天神。

　　第二天，我在学校又一次被同学围观，这次没有笑声，而是一片啧啧称奇，还不时有人伸手摸我屁股。

　　跑到厕所褪下裤子一看，屁股那里的补丁上竟然多出两只熊猫，黑眼睛白身子，怀里还抱着一棵绿色竹子。我自己都看愣了，不知道我妈什么时候把针线活练得这么精巧。很快，我膝盖那里的补丁上也出了花样，那是两棵绿色的枝蔓，到膝盖上之后开出几朵牵牛花。这次我不仅在教室被围观，连在上学或放学的路上都会有老师好奇地看几眼，还有女老师跳下自行车，问我裤子在哪儿买的。

　　我突然意识到，我可能因为这条打着补丁的裤子，莫名地走到了我们学校时尚的前端。

　　有一天下课，刘双燕红着脸趴在我耳边小声地问我，能不能让我妈在他的裤子上也缝两只熊猫，嫌太麻烦了换成两朵花也行。我摇了摇头，理由是裤子破了才会缝补丁，有了补丁才需要花样来遮掩。刘双燕愣了一下，忽然转身从文具盒里摸出铅笔刀，在他裤子的膝盖那里割出两道长口子，当时我就惊呆了。

　　第二天，刘双燕的两个膝盖上也开出了花朵，这次是粉红色的月季花。我妈显然也误会了刘双燕的名字，以为女孩子肯定喜欢粉红的花朵。不过刘双燕显然不介意，从此之后几乎每天都穿着那条裤子满学校转悠，然后回来告诉我有多少人夸他裤子好看。

这件事情的高潮是我的新书包，那也是我的伤心事了。为了要一个又新又大的书包，我已经赌气每天抱着书本去上学快一个学期了。不知道是不是因为不断有同学让我带裤子找我妈缝补，让她得到了更大的启发，反正有一天早晨，我妈突然变魔术一样拿着一个又大又厚、花里胡哨的书包给我。看了半天，我才明白那个五颜六色的书包竟然是很多碎布头拼接而成的。那些碎布头平日里只有打补丁时才有存在的意义，而现在，它们就像太阳光，呈碎片状光芒四射。

我妈说家里的碎布头几乎都用完了，本来她还想模仿二姐写的"天天向上"给我拼在书包上，可是布不够了，只拼成了一个小太阳。看上去书包就像一个补丁摞着一个补丁，针眼儿密得让人眼花。

可是我已经惊喜不过来了，因为我背着它到学校的第一天，它就取代我裤子上的补丁成为焦点。几乎所有看到我书包的同学都惊讶得合不拢嘴，细看后又止不住羡慕和赞美。它果然像一个太阳，背到哪里哪里亮。

我更没想到的是，之后没多久，学校里慢慢多出了一个又一个碎布头拼接成的书包。我知道它们之中只有一个也出自我妈之手，就是我弟弟背的那个。因为羡慕我的书包，他哭闹了三天。没办法，我妈到裁缝铺要了一些碎布头，给他也做了一个缩小版的。

这种书包在学校和马路上耀眼地晃着，谁也阻挡不了它们的流行，直到不久之后连镇上的商店都有这样的书包在卖，不同的是它们是机器做的，每一个都一模一样。我妈完全没有料到，她竟然靠一针一线引领了一个风潮。

我妈也没想到，直到有一天新衣服、新书包都没用旧就会扔了换了，我还在梦里找那个晃眼的书包，还有那条一回忆起来就仿佛在开花的补丁裤子……

一个妈妈的承诺

肖 进

小区门口的牛肉粉，汤鲜味美，我常去吃。周六早上，一对母女与我同时走进店里。女人进了店就说："来一碗就行，我和孩子只能吃下一碗。"那时，店内只有一张空桌子，我与她们母女相对而坐。我看到女人穿着简朴，皮肤黝黑，似乎是长期在阳光下做活的人。

牛肉粉端上桌，女人尝了一口，然后加了一点盐，把粉条推到了小女孩的面前。小女孩或许是饿极了，或许是很少吃牛肉粉，埋头狼吞虎咽地吃起来。小女孩吃粉的模样，任谁看了都会心疼。

不一会儿，小女孩就将粉条与牛肉吃了个精光，只剩下一碗汤。女人将汤端到自己的面前，往汤里加了满满一碗酸菜，又放了点盐，然后低头大口大口地吃起来。

店里的酸菜是切成丝，作为吃粉的配菜用的，放在一个小盆里，任顾客自己添加，无论加多少，都是免费的。我不知道女人的生活是如何的窘迫不堪，以至于她连一碗粉条也吃不起。

女人似乎也注意到了我的目光，她尴尬地朝我一笑："我答应过孩子，她考到九十分就立刻带她去吃牛肉火锅。这不，孩子拿着刚发的试卷，直接就到工地上来找我了，本来过两天就领工钱了，但想想自己的承诺，我不想对孩子失信，只能揣着仅有的十元钱带她来，先吃一碗牛肉粉。"小女孩补充说："我可以等两天的，但我妈妈说'立刻'就是'立刻'，说到就要做到。"

母亲的背是最安稳的床

肖映菁

下基层训练的时候,我会利用闲暇的时间去敬老院当义工。田婶是敬老院的员工,负责打扫卫生。

按理说,每天照顾老人们吃完午餐,得将餐厅打扫干净,她的工作才算告一段落。可是,每天中午,她总跑得不见人影。问及缘由,大家的回答是:她回家哄孩子睡觉去了!

田婶都三十五岁了,按她的年龄算,她家孩子至少也有七八岁了吧!这么大的孩子还要哄着睡觉?我是不信的,心里便对她有些许意见,觉得这人偷懒,哄孩子睡觉肯定是她溜回家午休的借口。

某天傍晚,我吃完饭,和同伴在村里散步,经过田婶家门口,竟然看到这样一幕:她佝偻着身子,额上汗光隐现,而她单薄的背上,竟然真的伏着一个看起来有十来岁的小姑娘!而田婶还一步一晃,像哄小孩子睡觉那样晃着她,想要她快点进入梦乡。我不由得有点生气,这么大一个孩子,还得母亲背在背上哄着睡,太过分了!原以为城里人对孩子溺爱过头,想不到村里人也这样!

同伴说,不,你误会了。田婶的女儿生下来就有先天性心脏病,后来不知道为什么又患了哮喘。医生说,这样的病人睡觉的时候要特别注意,如果躺平了睡,可能睡着睡着呼吸道一堵塞,就再也醒不过来了。田婶从此就不让女儿躺平了睡。女儿白天想睡觉,她就背着,让她伏在背上睡。就是晚上,她也是和女儿背靠着背"坐"着睡。她生怕一躺平了睡,女儿就会永远地睡过去……

听闻此言,再回头去看那个蹒跚的身影,我不由得深深感动。原来,世界上最温暖、最安全的床,就是母亲的背。

妈妈的礼物

玄 圭/编译

2014年3月,一本名叫《会做饭的孩子走到哪里都能活下去》(日本名《小花的味噌汤》)的书,让全世界无数人为之感动落泪。该书作者是来自日本的一家人,爸爸安武信吾、妈妈千惠和女儿阿花。爸爸是日本新闻社的一名记者,女儿阿花今年十一岁,就读于日本福冈立草江小学四年级。

而妈妈千惠,则在六年前离开人世。那一年,阿花刚刚五岁。但对于一位曾用心陪伴、爱护并教会了女儿"世间最了不起的本领"的妈妈来说,千惠走得了无遗憾……

人生至宝

2001年,阿花相恋多年的父母走入了婚姻殿堂。那年,父亲安武信吾三十八岁,母亲千惠二十六岁。千惠是乳腺癌患者,结婚前刚做了手术。医生当时给她的建议是:必须挨过五年,确保癌症不再复发后,再考虑怀孕生子。

尽管丈夫做好了充分的准备,为了妻子的健康,打算这辈子都不要孩子,但是,千惠却在偷偷地做着"拼掉性命也要为他生个孩子"的准备。结婚一年后,千惠怀孕了。她一个人去医院检查,看到自己和孩子的各项身体指标都非常正常,千惠喜不自禁。怀孕第一百天,千惠才对丈夫吐露秘密:"再过半年,你就要当爸爸啦!"

安武信吾什么都没说,这个年近四十岁的男子,从那以后,每天早上都会陪妻子吃完早餐后再去上班,无论加班到多晚,他都会回家。2003年6月,女儿阿花出生了。看到女儿的那一刻，千惠哭着说："这一刻，我知道还有比我自己更重要的人生至宝。因为，孩子的到来，证明了我曾来过这个世界……"

满心沉浸在女儿到来的喜悦里的安武信吾，并没有从妻子的这句话里听出厄运再次来袭的信号。而且，从怀孕到生产，再到刚八个月的女儿学会叫"妈妈"，千惠的身体状况一直都很好。但是，2004年5月，千惠在所执教的学校（千惠是音乐老师）组织的例行体检中，被查出乳腺癌复发……

"我曾来过这个世界"一语成谶。癌症复发来势凶猛，不间断的治疗迟迟不见显著的效果。当"随时都会离开"成为千惠和丈夫无法回避的话题时，她开始思考："该给女儿留下点什么，才能让她在没有妈妈的日子里好好地活下去。"

爱的遗产

看到妻子每天都在想着如何给女儿留下"爱的遗产"，而不是积极配合医生早日治好病时，安武信吾很生气。"孩子固然重要，但你自己的生命和人生就不重要了吗？毕竟，孩子长大会离开我们……"千惠哭着打断丈夫："是我先离开她好不好？即使没有癌症，我也会先于孩子离开……"

千惠的乳腺癌复发后，这个家庭开始了一日三餐的糙米生活。因为千惠身体虚弱，不到一岁的阿花也不能再吃母乳了。让千惠欣喜的是，女儿并不讨厌这健康却寡淡的饮食。千惠兴奋地说："女儿喜欢纳豆、大酱汤这些即使不用花太多钱也能买到的食物，这让我放心了。因为这意味着即使她以后挣不到什么大钱，也能活下去。"当然，这也让自癌症复发，就一直想给女儿留点什么的千惠恍然大悟：教女儿做饭、洗衣和洒扫等家务活儿，这样，就算她离开，阿花也能照顾自己了。

医生说，如果保持好的心情，积极配合治疗，千惠还能活三四年。千惠欣然接受，对她来说，能结婚、生下女儿，已经足够感恩了。

阿花两岁时，千惠开始教她洗自己的袜子，女儿的小手搓得通红，她把还没清洗干净的袜子晒在太阳底下，一旁的千惠没有帮忙，而是笑着鼓励。"不发言，不帮忙。教孩子做事情时，最重要的就是让她独立思考和体会。只要是孩子力所能及的，我都让她自己来。"当母亲抱怨千惠为何不告诉外孙女，袜子上的肥皂泡没清洗干净时，她这样回答。

母亲的背是最安稳的床

阿花三岁生日那天，千惠送给她一台手动榨汁机。

让阿花学会做简单的家务活，只是让她先练练手，千惠最想教给女儿的，是做饭的本领。身患重病、随时都会离开的她，比谁都明白吃饭和健康的意义。"健康第一，学习第二。会做饭的孩子走到哪里都能活下去。"千惠在日记本里写下了这样一句话。

在学会了洗蔬菜、水果，并根据父母和自己的喜好榨不同口味的蔬果汁后，阿花又在妈妈的指导下，开始学习煮糙米饭。

最开始的日子，阿花只是在妈妈做晚餐时，负责煮饭的工作。但某一天清晨五点，当千惠刚走进厨房，准备为丈夫做早餐时，发现阿花已经站在凳子上，踮起脚尖摁亮了电饭煲的"开始"键。阿花说："妈妈，除了煮饭，我还想切菜、炒菜！如果爸爸愿意帮我搬坛子的话，我也想做大酱！"千惠忍住眼泪，轻轻地把女儿搂进怀中，说："是的，阿花，这些妈妈都会教你，而且妈妈也相信，你会比妈妈做得更棒！"

和妈妈的约定

2007年夏天，阿花四岁生日时，妈妈送她的礼物是一条碎花围裙，而爸爸的礼物更酷，是一套小学生用的刀具。

千惠的癌症复发已经三年了，这三年里，尽管除了住院的日子，她每天都给丈夫、女儿做饭，但越来越疲惫的身体和一阵紧似一阵的疼痛告诉千惠：离开的日子不远了。

阿花四岁生日的第二天，清晨五点，千惠狠心地把她从被窝里拽了出来。她决定让女儿学习切菜。但是，当她把刀递给女儿，看着她迈上凳子、拿起刀要切土豆时，千惠紧张得闭上了眼睛。沉沉的菜刀，四岁的孩子用得很吃力，但她一丝不苟、一言不发，额头渗出了汗水。土豆被她切得像小石头似的，但谢天谢地，阿花竟然没有受伤！接着，她又自告奋勇切了芥蓝和蘑菇。

千惠开始炒菜、煮大酱汤。让她惊讶的是，她炒菜时，阿花竟然用她的小摄像机拍摄。"我下次做菜的时候，问摄像机里的妈妈就可以了！"

一家三口吃完早餐，爸爸去上班，妈妈搭乘他的车去医院，女儿阿花则先去花园里遛半小时的狗，然后回家，锁门，自己去一千米外的保育院。有人问她："阿花，你妈妈为什么不送你？"她说："连洗衣、扫地、遛狗和做饭这样的事儿我都能做了，上保育院还需要妈妈送吗？"

在阿花五岁生日前，她在妈妈的陪伴和示范下，学会了煮松软健康的糙米饭、制作漂亮美味的寿司。她煮的大酱汤，常常让爸爸和奶奶误以为是妈妈的杰作。对了，阿花为了庆祝自己的五岁生日，还第一次做了一大坛子大酱！

2008年7月11日，阿花五岁生日后不久，千惠在家人的陪伴下离开人世。阿花没有哭，因为这是她和妈妈的约定。

故事还没有结束。2013年秋天，已经有六年厨龄的阿花，加上爸爸，还有天堂里的妈妈合出了《小花的味噌汤》。在这本书里，阿花给妈妈写了一封信："最近我的拿手菜是咖喱饭和土豆烧肉。托妈妈的福，在学校里，阿花最拿手的就是音乐哦！我也想跟妈妈一样，长大后成为一个会唱歌的人。为我加油吧！""打扫浴室和洗衣服的活儿，我有点偷懒了，上了四年级我会努力的。因为我和妈妈说好了，你就在天国看我的行动吧。""不说别人的坏话，不忘记微笑，这些都是妈妈教给我的。而我，也一直是这么做的。"

阿花的爸爸至今还在维护阿花妈妈生前记录女儿成长的博客。在2014年3月的一篇博客里，他说："阿花已经上小学四年级了，周末她会去料理学校上课。她是学校的'美食达人'，她带给同学的便当被称赞'有妈妈的味道'。她还继承了妈妈的音乐才能，喜欢唱歌、跳舞，并且做得像模像样！"

阿花说："当我做饭的时候，我会觉得自己是最幸福的人！当然，这也是妈妈教给我的。"是的，我们并不能因为阿花没有妈妈，就认定她不幸福。因为，那些用生命去爱、去教会孩子自食其力的妈妈，无论她们身在何处，她们的孩子都会坚强和幸福！

母　亲

〔日〕松浦弥太郎　　叶韦利 / 译

我说要暂时出国一阵子，妈妈满不在乎地回了一句："哦？这样啊。"

她没问我要去哪个国家，或是哪个城市。我告诉她下周就要出发，她又低声说了句："哦？这样啊。"除此之外没再说什么。

我跟妈妈的感情并非不睦，但也称不上亲密。因为父母都在外工作，我很小就养成精神上的独立自主，决定事情时从不跟父母商量，一般总是事后报告，或事到临头才告知。

在久违的纽约过冬，遇上几十年难遇的大雪，每天都处于酷寒中。

那个年代没有手机，只能告诉母亲住宿饭店的地址和电话。她没要求我这么做，是我自己心想至少该做到这一点。坦白说，或许这样可以稍微缓和一下旅途中的不安。

离开日本两个月后的某个午后，我感冒躺在房间里，突然传来敲门声。打开房门，饭店服务人员告诉我："有你的电话。"当时房间里没有电话，外线全由前台接听。我搭乘一动就发出"吱吱"声的电梯下楼，到前台接电话，没想到是母亲打来的，我吓了一大跳。"喂，人家给我很多年糕，想给你寄一点过去，要吗？""这边没有烤年糕的工具，饭店房间里也没有厨房，不用啦。""那边怎么样？""好冷。我还感冒了，睡了一整天。"

"发烧了吗？""没量，不晓得。""哦？这样啊。"妈妈还是说了那句老话。"有没有好好吃饭？""有啦，我都按时吃了，不要紧的。"母亲沉默了一会儿："好吧，先这样。"说完就挂了电话。挂断电话后我才想到，日本现在几点呢？

母亲是不是计算过时差才打来的呢？

一星期之后的某天早上，母亲又打电话到饭店。"感冒好了吗？""嗯，差不多吧。""哦？这样啊。我有点事情，现在刚好在附近。"

"什么？你来纽约了？""对啊，来找朋友。想去一下你住的饭店，方便吗？""什么，来找朋友？你现在到底在哪儿？""机场啊，我搭出租车过去。""下这么大的雪，没有出租车啦。""不要紧，待会儿见。"

母亲从来不曾出国旅游，说什么我都很难相信她在纽约有朋友。我实在有点担心，打开饭店的玄关看看，外头风雪交加，白茫茫一片。

一小时后，一辆出租车停在饭店前，有个人下了车。我仔细一看，正是两手提着大件行李的母亲。"你早点说，我可以到机场接你嘛。""怎么可以让病人来接呢？"母亲说话的同时，呼出一团团白色雾气。一走进饭店，妈妈就向前台里的服务人员深深一鞠躬，用日文向大家打招呼："深受各位照顾，非常感谢大家。"她这副殷勤有礼的模样，让大家惊讶得瞪大双眼。

我带着母亲走进房间，她抿紧了嘴，不发一语。看她的神情就知道，一定是看到这房间太过简陋寒酸，所以说不出话来。母亲把手上的行李交给我，里面有年糕、冲泡即食的味噌汤、海苔、酱油等，全是食物，还有感冒药。最让我惊讶的是，她居然连小烤箱都带来了。

"可以用这个烤年糕。""何必呢？干吗这么麻烦。"我就是没办法坦率地说句"谢谢"。"那我走啦。"母亲只把行李放下，马上就要离开。

"你要去哪儿？""去找朋友啊。""朋友住哪里？""就在机场附近啦。"
我试着挽留妈妈，她却执意要离开。

我请前台帮忙叫出租车，等待车来时，我不经意地看到妈妈脸上有一道泪痕。看她这样，我再也忍不住哭了。之后，我和妈妈没再交谈。

出租车来了之后，妈妈先开口："加油哦。""嗯，谢谢。"妈妈钻进出租车里，说："好啦，拜拜。"说完后她关上车门，出租车在大风雪中驶离。

三天后，我接到妈妈的电话，电话是从日本打来的。一问之下，我才知道，那天她搭了隔天一大早的班机回国。"前几天谢谢你。不过，你居然会讲英文啊。""少看不起你老妈。"妈妈笑着说。我问她："你那个纽约的朋友是谁？"老妈回答："你不认识啦。"

母亲的背是最安稳的床

妈妈的信

陈 虹

不知为何,妈妈的这封信被我保存了整整八年。是自责吗?妈妈去世前的确如此,我每读一遍都似万箭穿心。是忏悔吗?妈妈去世后无疑为它,每读一遍都泪如泉涌。这封信写于2004年10月25日,这一年妈妈已是八十六岁高龄。

我能想象妈妈伏案疾书时的情景——她的手在颤抖,她的眼在流泪。为什么同住一个城市却非要写信?难道不能面谈,不能在电话里讲述?她的目的只有一个:道歉!母亲向女儿道歉!

那天的情景我记忆犹新:又是一个周末,到了我例行回家看望妈妈的日子——自从爸爸去世以后,这已雷打不动地坚持了十年。妈妈怕孤单,她希望我寸步不离地陪伴着她,但我还要上课,还要写作,只能答应她每个星期六的上午回去,住一夜,第二天的晚上离开。妈妈同意了,于是我习惯性地接受了每次摁响门铃后那迫不及待的身影,以及每次告别时那依依不舍的目光。保姆告诉我:"一到星期五的晚上,好婆就坐不住了,一遍又一遍地叮嘱我,明早记着多买几样好菜,大姨要来了!"她随着妹妹的孩子这样称呼我。我知道,妈妈已经将每周的这两天当成了她的节日。

妈妈的卧室里始终挂着爸爸的照片,那时他俩是多么幸福!天晴时,两人搀扶着在庭院中散步;下雨时,两人手拉手坐在沙发上讲故事。妈妈在回忆文章中写道:"你忘了,这些故事早在五十多年前,你就给我讲过了。如今你又一遍遍地重复,我就一遍遍地倾听,以回忆往事为乐趣,度过我们平静而又温馨的晚年。"

十年了,爸爸走了整整十年了,如今我能替代他吗?但妈妈无疑是这么希望的！那是一种什么样的絮叨啊！从吃饭到睡觉，从周一到周五，一五一十，原原本本，甚至不会漏掉每一个细节，尤其是又梦见了爸爸几次，又哭醒了几回……我不敢打断她，只能耐着性子听，但最终是这耳朵进那耳朵出。

我知道妈妈实在是太寂寞了，特别是双眼患了白内障之后，不能看书，不能读报，整天只能生活在思念与期盼之中。

但是，2004年10月24日的那一天，我究竟因为什么而脱口说出了那样一句话呢？那是吃晚饭的时候，我叹了一口气说："出版社天天在催稿，我忙得没日没夜，可每个星期还得浪费两天的时间回来陪你！"我记得很清楚，当时说的就是"浪费"二字。妈妈的笑容突然凝固了，她停下筷子，呆呆地看着我，目光中充满不安，更充满哀戚。那晚她什么话也没说，直到我拎起挎包走出家门。两天之后，我便收到了这封来信。

昨晚失眠，想到许多事情要向你倾诉：

一、你爸有你这个孝女，我可以放心；亲人在天有灵，会感到欣慰的。

二、我得支持你多挤些时间用来写作和做好教学工作。从今以后你每星期六回来看我，晚上回去，星期天你还是抓紧时间做事。在一周内不必为我浪费两天的光阴，这样我可安心。

三、这十年来，我很寂寞孤独，因此我很自私，总希望你们姊妹二人能留在我身边，陪我这个孤寡老人，却不顾你们自己的事业和前途。从现在起，我要检查我的私心杂念，以支持你们的工作为主要，我至少要做一个通情达理的母亲。

四、今年入夏以来，我老是患病，每次病中不仅只是生理上的痛苦，在心理和感情上我更希望得到你们姊妹二人对我的安慰，为此就经常折磨你们，增加你们精神上的负担，很对不起你们。我明白今后应该怎样对待生老病死，过去的事你们就原谅我吧……

我的手不住地簌簌发抖，那一句句"对不起""原谅我"，就像针尖一般刺痛了我的心。耄耋之年的妈妈是真的动了感情，甚至用上了"私心杂念"这个词！妈妈的这封信写得很潦草——因为眼疾，她已多时不提笔了，但她为了向女儿道歉，竟然写了长长的三页，还时时处处都在小心翼翼。

信写至此我惭愧泪下，我可以告诉你们，我每天早起向亲人敬香祭奠时，从不忘了这一条：祈求亲人在天之灵保佑你们身体健康、工作顺利、心情愉快、全家平安。我写这类伤感之事，是否会影响你写作时的灵感？我现在写这封信出自内心之言，再花八角钱邮寄给你看，我的心情可以得到平静，总比面谈时亲切吧？

世上的母爱有千种万种，而妈妈的这种道歉式的爱却让我无地自容，尤其是那句怕影响我"写作时的灵感"，终于让我号啕大哭起来。的确，妈妈跟其他的母亲不一样，我没有享受过"慈母手中线"，也没有享受过她烹饪的美味佳肴，因为这一类的家务事她一概不精通。但爸爸敬重她，因为她确实做到了"我的最大幸福，就是在你的每篇作品中都浸透着我精神上的无形支持"。我们爱戴她，因为她对我说过这样的话："女孩子一定要有自己的事业！"为此，她支持已而立之年的我去参加1977年的高考，并主动提出帮我照看刚满一周岁的儿子。为此，她支持我写作，就像当年爸爸在世时一样，她同样成了我的第一个读者；就像当年她在《人民文学》当编辑时一样，认认真真地帮我审阅与推敲。

那一天，收到这封信的那一天，我没有回复，也没有打电话，就连周末回家时也远远地逃避着这个话题，躲避着妈妈的眼睛。究竟是谁"自私"？究竟是谁亏欠了谁？我悔啊，悔得无地自容，就为了一部书稿，就为了一点可怜的"灵感"，我竟然深深地刺伤了妈妈的心！

给你写上三张纸，说了心里要说的话，手有点抖，但心情可以平静下来。希望你看完此信，灵感不断而来。祝著安！

这就是妈妈呀！为了我的事业，她默默地忍受着孤独；为了我的写作，她苦苦地吞噬着寂寞。保姆告诉我："好婆真可怜，每天撕掉一张日历，就要念叨一句，大姨还有几天就能回来了……"我的眼泪终于流了下来，我似乎看见了妈妈那引颈而望的身影，看见了妈妈那望眼欲穿的目光。

但是妈妈在我面前从来不提起，她认真地实践着自己的诺言——星期六的晚上刚吃完饭，她便催促我回家。再见面时，她只问我书稿进展得如何，又有什么新作问世。萨家湾的这条小路，我不知走过多少趟，直到此时我才产生无尽的眷恋。我一步一回头地仰望着十二楼的那扇窗户，它的后面是妈妈的身影，是妈妈摇动的手臂。是啊，对于长大了的儿女来说，母亲只是他生活的一部分，但是对于衰老了的母亲来说，子女却是她生活的全部内容。

整整八个春秋过去了，我始终珍藏着妈妈的这封信。尤其是当妈妈离开人世之后，我才突然意识到我失去了一个温暖的家，失去了一个可以无话不谈的亲人。

世上的情感千万种,唯有内疚最吞噬人心,更何况面对的是一个已经辞世的老人,留给我的只有永生永世再也无法弥补的悔恨。

妈妈,我想你!

我亲爱的文艺老青年

恩 雅

推开病房的门之前,我在医院的楼下徘徊了一刻钟。

6月的树荫下,阳光斑驳,我用一只手压着另一只手的虎口,长长地吸了一口气,再把它吐在阳光里,转身,推门。那天去看她的人很多,把房间挤得满满当当,但是从我进房门的第一秒开始,她的目光就一直黏在我身上。我看了她一眼,然后挤出门去,在洗手间里,又一次花了极大的力气,把无尽的痛压了下去。

后来,我想了一下,在她治疗乳腺癌的大半年中,我从未在她面前流过一滴眼泪,我在她许久没有更新的微博上写道:"妈妈,我相信所有的不幸都是种子,只有经过埋葬,才能破土成芽。"

一

我跟他们分开得很早。

十三四岁时,老爹率先离家,腿脚利索地一路跑啊跑,跑到珠三角折腾去了。老爹还是小爹时,在很小的屋子里像个野心家一样雄心勃勃地规划他的未来。结果她成了最早一批留守女士中的一员,装装灯泡,扛扛煤气,打打小孩,活成了半个爷们儿。我始终记得,他每个月月底要坐很久的火车回来。车常常晚点,很晚了,我起来尿尿,看见她坐在黑夜中的餐厅里,月光倾泻进来,她的嘴角带着笑。虽然现在讲起来有点惊悚,但那时,作为一个怀春少女半成品,我成熟地想她应该是极其爱他的,她看我的眼神,就从来没有那么温柔过。

高考那年,她比我紧张得多。录取通知书出来前,她像个暴躁的知了一样呱啦啦说个不停，电话一通暴打，关系一阵乱找。挨到柳暗花明又一村，她拖出来两个箱子："走，去广州找你爹庆祝去。"

我读大学后她就追随老爹而去了，赖在珠三角不怎么回来，回来也是一个月一次。

二

据说老爹年轻时，是个青年才俊，身形挺拔，浓眉小眼。而她长得不算很美，不过根正苗红，三代贫农，我外公早些年还给游击队擦过枪。

他们走到了一起。但见人间白头到老，不见世上恩爱如初。后来，青年才俊成了中年才俊，她有了不安全感，而他们的小孩，也就是本人，成了她证明自己存在价值的重要砝码，也因此她对我的生活极为关注。

吃得少，她难过极了，说我面有菜色；吃得多，她又难过，认为这样下去，我会变成个女胖子，没有人要。

不打扮，头发跟鸡窝一样就出门了，她说我邋遢；爱打扮了，穿超短裙，她说这怎么像话？

在我出嫁的前一夜，我弱弱地、充满情绪地去了他们的房间。她坐在书桌前，一只手托着脑袋，一只手抓着我的手，目光里是无尽的话，最后她就讲了一句："仔呀，往后的日子要记住退、退、退，退一步海阔天空啊。"老爹在3米外的床上，黑暗中翻了一个贼亮的白眼，若一道星光。

在他们漫长的婚姻里，她就是那个永远在隐忍的人，带着某种柔软的坚持，挨过最好最坏的年华。她似乎是不会哭的，我极少见她哭，再不堪的时候，她只是咬咬下嘴唇，手轻微地抖动一下。她这个样子，在她与同事有纠纷时我见过，在她与亲戚抗争时我见过，在她跟老爹决战时我见过，在她拿着我的成绩单时我见过。后来，天各一方，隔着万水千山，见得少了，但是每每打电话时讲到并不好的事情，我总是能感觉到她声音里细微的抖动。这让我想伸出手去，在空气中摸一下她渐渐花白的头发。

三

6月早些时日，我所在的城市下了一场初夏的雨。

母亲的背是最安稳的床

我接到了老爹的电话,他说:"有一个并不太好的消息,你妈确认得乳腺癌了。"我在楼下的花园,坐在一条湿润的木质凳子上,想起很多和她有关的事情。

她喜欢吃寿司,她问我:"为啥寿司不涨价,米一直在涨价啊?"

她喜欢穿某大牌衣服,又舍不得买,常常借小姨的原版去裁缝那里做个"山寨"版的,在镜子前尖叫:"划算吧,划算吧!"

她喜欢旅行,我们一起去旅行的时候,她会在一些景点说出很惊人的话,比如在苏州,她说:"月落乌啼霜满天,多少楼台烟雨中。"

她用QQ,写博客,开微博,她说自己是珠三角地区最赶潮流的文艺老青年……

在路上,我排练过许多种见到她时要讲的话、要摆的造型。后来我才知道,无论哪一种,都不是真实的我呀!真实的我是另外一个她,决绝隐忍,一言不发。在岁月里,原来我一直在学习她的造型,用力快活,用心寂寞。

她坐在病床上,周围有许多人,讲着许多安慰的话。我搬了个小板凳,坐在床的对面,我们的眼神在空气里交会了10多秒钟,深深浅浅的沉默。我知道,你在这里;你知道,我在这里。

四

她恢复得很快。从夏天到冬天的半年,我每个月都要到她所在的城市,去看她。

每一次,她都比上一次好一些。虽然看起来,她的容颜、她的身体变得破败不堪,但是我知道,她在用更强大的方式修补坏掉的生命。

做化疗,起了很多水泡,我问她:"痒吗?"她说:"见到你就不痒了。"

我求医问药,找了许多手术后食补的方子,20多种食材一大堆。有一个晚上,我独自拿着一杆小小的秤,坐在木质地板上,一样一样地称,一件一件地配着。我想着在我们所共有的时光里,她的眼睛和她的脸,很小的泪珠一滴滴掉在食材里。

开春的时候,她顶着定制的假发回到自己的事业中,恢复了女白领、女领导的"嘴脸"。180天,接受14次化疗,如今"王者归来",这是个怎样的女人呢?

只听过这世上男女情定三世,未见过人间母女签约来生。

妈妈,来生,愿我们遇见的时间更长。

爱的磁石

徐立新

"云儿,云儿,像朵花,开在天上笑哈哈;云儿,云儿,像妈妈,一朵一朵爱心大……"

这是年轻的巴西妈妈苏珊写给女儿露菲的儿歌。每当母女俩独处时,她们都会唱起这首歌。

可就在距露菲三岁生日还有十七天的时候,歌声戛然而止——因为保姆的失职,露菲在外出的途中被人抱走了!

此后,失女心痛的苏珊疯狂地寻找女儿,贴寻人启事、登报、找电视台……所有能想到的办法都试了,但依然毫无线索。

家人劝苏珊趁年轻再生一个,她却坚决不愿意。"如果我有了第二个孩子,便会慢慢淡忘露菲,那样她就更可怜了。我相信露菲跟我一样,也一定在寻找妈妈。"

第二年、第三年过去了,依然没有露菲的消息。苏珊因为不停寻找女儿而失业在家,丈夫被公司解聘,家庭经济状况雪上加霜。

一天,在里约一个嘈杂的地下道里,苏珊忽然发现地上蹲着一个小乞丐,这孩子穿着一件破旧的粗布开衫,流着鼻涕,正在拨弄一条小虫。

孩子一边玩一边唱道:"云儿,云儿,像朵花,开在天上笑哈哈……"

瞬间,苏珊激动得几乎要窒息了——难道她就是我的宝贝露菲?

但这兴奋很快便消失了,苏珊发现眼前的乞丐是个男孩。

"能告诉我你的名字和这首歌的来历吗?"苏珊努力控制着情绪。

"叫我麦基卡吧,我们丐帮的孩子都会唱,我也不知道是谁先开始唱的。"男孩漫不经心地答道。

"你能带我去你的丐帮看看吗?"苏珊绝不能放弃这个重要的线索。

"不行,我们可不敢带陌生人回去,否则就会被罚站,甚至挨饿、挨打一整天!"苏珊没有继续勉强麦基卡,她知道这孩子说的是真话。丐帮在里约有很多,控制丐帮的老板都相当凶。

苏珊决定暗地里跟着他。晚上9点,在麦基卡的"引领"下,苏珊来到了一处贫民窟。

麦基卡所说的丐帮一共有7个差不多大的孩子,其中有3个是女孩。苏珊等到屋内的灯光都熄灭了,悄悄潜入屋内,偷偷地在每个女孩头上,剪下了一小缕发丝。

很快,3个女孩头发的 DNA 鉴定结果出来了——没有一个和苏珊的吻合!

苏珊依旧不死心,几天后,她重新潜入贫民窟。这一次,她惊喜地发现一个叫米隆尔的女孩长得像极了记忆中的女儿。趁她睡熟之际,苏珊悄悄剪了几根米隆尔的头发。之后,她简直不敢独自去取鉴定报告单。

鉴定结果出来了,米隆尔跟苏珊 DNA 的相似程度达 99.99%——她正是苏珊走失已久的女儿!之后,苏珊拨通了警察局的电话……

"妈妈,我终于找到您了!"得救后的露菲扑进苏珊怀中,母女俩泪如雨下。

原来,小露菲日夜思念着妈妈。她不知道家在哪里,怎样才能逃走。于是想到一个办法,教身边的丐帮小伙伴唱"云儿,云儿,像朵花……",她觉得会唱这首歌的人越多,妈妈听到它的机会就越大。

爱是人海中彼此不放弃的找寻,虽然如同大海捞针,但只要带上爱的强力"磁石",便一定能吸回那漂泊的小针。

你不是一个失败的母亲

秦春华

前几天，我接待了一位学生家长。这个学生参加了北大的保送生考试，但没有通过。家长不甘心，还想给孩子争取一次机会。这是一位母亲。她带来了一个很大的双肩书包，里面全是孩子在中学获得的各种奖励、参加社会活动的材料，还有画作。每一个证书、每一摞材料、每一张画作都用塑料袋干干净净地包好。她一边给我看材料，一边讲述孩子的情况。

她说，我的孩子独立性特别强。因为我和她父亲的工作特别忙，孩子从很小的时候就自己处理所有的事情，养成了独立的性格和习惯。孩子参加了全国青少年科技创新大赛，获得了全国一等奖。她做的项目是有关生物学的，因为她不想做和父亲同一个领域的项目，以免别人说她是沾了爸爸的光。孩子性格随我，特别热心，爱帮助人。她画画得特别好，学校里各种活动的海报宣传都找她，她从不拒绝。有一天夜里两点，我看她还趴在地上画海报，而第二天有一个非常重要的考试。我劝她别干了。她说不行，她已经答应了的事情就一定要做到。她和同学发起一个关爱、资助农村留守儿童的公益项目，还争取到了联合国的资金支持。在申请项目的时候，要填很多很多张表格，全是英文的，都是她一个人做。那天，又是夜里1点了，她还在填表格，一边填一边哭，说怎么还有啊，明天还要考试啊。我告诉她，既然做了就坚持到底，妈妈陪你一起填（但我不能代她填，因为不知道她们具体的情况）。等到最后填完所有表格的时候，已经是凌晨4点了。后来她争取到了这个项目。孩子的理想是将来去联合国做人道主义援助工作。我和她爸爸都是留学回国人员，我们想把孩子送出国读书。但孩子最想上北大，那是她从小就有的一个梦想。她其实一直在准备出国,都是她一个人准备材料,申请了很多美国名校。但她不甘心,看到北大招保送生的消息,一定要参加。

她问我,孩子还有可能进入北大吗?我问她,为什么不争取"中学校长实名推荐制",这正是我们想要的孩子。她说,你们的要求是学习成绩要到年级的前××名,她参加社会活动太多了,耽误了学习,成绩达不到这个标准。我说,我们的规定很清楚,天赋异禀的学生可以不受这个限制。她说,孩子说,不想给校长添麻烦,既然有保送生考试,她参加这个考试就可以了。我告诉她,我很想帮助她,但是按照目前中国的招生录取制度,学生必须参加高考,否则高校没有录取途径。很抱歉。

听了我的回答,她半晌没有说话,慢慢地把所有的材料一一收进塑料袋。她收得很慢很慢,仿佛生怕折坏了女儿的东西。收好了材料,她抬起头,我看到她眼眶里满是泪水,只是强忍着不让它流下来。

她颤抖着声音说,很多年前,女儿同学的妈妈就告诉过我,不能任由孩子去做那么多的社会活动,要把所有的时间都用在做题上,否则你一定会后悔的。中国和国外不一样,学习成绩是唯一的,其他做得再好也没有用。我和女儿谈过这个问题,她还是坚持要做她喜欢做的事。我尊重了孩子的意愿,我错了吗?

我把她送出门,她忽然回过头来问我:我是一个失败的母亲,对吗?

我永远忘不了她的眼神,忘不了泪光中的那份凄楚——一个无法帮助自己女儿的母亲的痛苦。

第二天下午,我和一个朋友聊天,告诉了他这件事。他给我讲了另一个故事。他的一个朋友的孩子,从小不但学习成绩不好,体育成绩也不好。渐渐地,这个孩子变得很自卑,甚至有自闭的倾向。家长没有办法,只好把他送到英国去读中学——他有这个条件。在英国,这个孩子仍然表现出强烈的不适应。有一天,学校的体育老师找到孩子,对他说,你的体育成绩是不好,但我发现,你之所以体育成绩不好,是因为你的腿不协调,但你的上肢非常灵活。你能不能规避你的弱项,发挥你的长项?既然你的腿不灵活,我们就给你找一个不用腿的体育项目好了。你去打马球怎么样?因为打马球用的是上肢,马的四条腿可以替代你的两条腿,而且更灵活。从此这个男孩迷上了马球,球打得非常好,甚至在当地小有名气。更重要的是,马球让他恢复了自信。男孩想,马球这么难的项目我都可以做得很好,其他的事情为什么就做不好呢？结果他的学习成绩也随着马球水平的进步而直线上升。后来，这个男孩被牛津大学录取了。

朋友告诉我，中国和国外教育最大的差别，在于中国人太看重考试成绩，把它看成了评价一个人是否优秀的唯一指标。国外大学也看重学习成绩，但他们更注重从每一个学生的不同特点出发，有针对性地帮助学生发挥自己的长处和潜能，实现自己的人生梦想。中国的教育过程由讲授、训练、考试组成，学生获得的是执行能力；国外的教育过程由启发、学习、展示组成，学生获得的是创造力。

回到办公室后，我仔细调阅了刚才所说的那个女孩的申请材料。我发现她的材料和别人不一样。其他学生的申请表里堆砌了大量获得的各种奖励，参加的社会公益活动，但都只是些名称。这个女孩只填写了最重要的三个奖励，一个是全国青少年科技创新大赛一等奖，一个是英特尔国际科学与工程大赛中国赛区选手，一个是两项发明专利。她用大量的篇幅讲述了自己的理想，组织了哪些活动，自己的想法和目的，具体是如何实施的，她在其中起到了哪些作用，得到了哪些收获，等等，内容十分充实。

当天晚上，我给女孩的母亲发了一条短信：由于目前中国高校招生录取制度的限制，北大无法录取您的女儿，但孩子非常优秀。这再一次促使我们认真思考，我们现行的考试招生录取评价机制是合理有效的吗？我们要进一步加快改革步伐，争取不让更多像她这样的优秀孩子失望。您绝不是一位失败的母亲，恰恰相反，您是一位伟大、成功的母亲。因为您为世界和人类培养了一个富有理想、充满爱心、勇于迎接挑战和承担责任的优秀人才——她让我们生活的世界变得更加美丽。

娘

彭学明

这是娘的第四次婚姻。

在乡下，下堂的女人（即改嫁的女人）是被人看不起的。随娘改嫁而来的孩子，也是被人看不起的。可我和妹的学习成绩偏偏最好，这在我们那个小小的山寨等于放了一颗卫星。

继父也很高兴，时间长了，高兴也就没有了。他的孩子成绩不好。心不好的人常常在他耳边挑拨：你苦死苦活盘什么书？你个人（自己）的孩子读不得书，盘去盘来都给她的孩子盘了，她的孩子翅膀一硬就飞出去了，还认你这个后老子？你到时候两只手伸到灰窝里，什么都没有。

继父讲："明天都不要读书了，跟大人上工去。"

娘讲："哪门不读了？"

继父讲："不听话，读什么书？我盘不起。"

娘讲："吃你好多？穿你好多？盘不起？"

继父讲："就是不准读了，我讲了算。"

娘讲："就是要读，你讲了不算。"

继父讲："我的儿反正不让读了，你的儿也不能读，一碗水端平。"

娘讲："你儿不读，是你儿啰阔（做事不认真），读不得书，我儿煞闹（了不起），读得，就是要读。"

这下戳到继父的痛处，他一直因为自己的儿子不争气抬不起头来。身前身后，他听到太多对我们兄妹的赞美，太多对他的儿子的贬损，娘这样讲，他对准娘就

因为爱·母爱

是一拳头。

"好,我儿是枉耽精(差劲的人),你儿是文曲星,我就是不准读!"

娘的嘴角破了,血流如注。娘立时像发怒的老虎,一口咬住继父的手,与继父厮打起来。

放学回家时,我经常看到娘跟继父或寨上人吵架,却从没问过娘为什么跟继父和寨上人吵架。我总责怪娘,却从没想过娘吵架、打架是为了我们兄妹不被人欺负。老牛护犊不惜舍命的娘,是在牺牲她的尊严来争取孩子的尊严,用她身心的痛苦来赢取孩子的幸福。

我想,伙伴们之所以不和我玩,是因娘不跟大家搞好关系。再就是,我和妹成绩都太好,老师天天表扬,伙伴们嫉妒。跟伙伴们的那道鸿沟,我得想办法填。

于是,打球时我故意给伙伴们输球;赛跑时我故意崴了脚落在伙伴们后面;考试时我把答案偷偷告诉伙伴,自己故意做错,让伙伴们也得几回表扬。

为了讨好继父的儿子和伙伴,我还卑躬屈膝地背他们上学放学。

有一次放学后,我们一群孩子还舍不得转到屋里,在学校里玩。我们猴子一样爬上高高的屋梁,看哪个敢跳下来。结果是哪个也不敢跳,就是我一个人一连跳了好几次。

继父的儿子一个劲儿地鼓掌叫好:你看你们有什么用?就学明胆子大,是英雄。

其他的人也跟着鼓掌叫好。

我感觉大家接纳了我,越发快乐、来劲,对着继父的儿子感激地笑。哈里哈气(傻乎乎)地,爬上房梁又跳了几次。

继父的儿子似乎还未尽兴,又提出比力气大,摔抱鸭子(就是摔跤)。继父的儿子讲:你狠,你一个人摔我们大家试试?

我平时力气大,加上刚刚从高高的屋梁上跳下来的那种英雄气和骄傲劲,满口应承。于是来一个我放倒一个,来一双我放倒一双。一个一个全被我放倒。继父的儿子见难不倒我,又讲,你那么狠,你躺到地上让我们压,有本事你翻起来,那才叫狠!

三个人压在我身上,我不费吹灰之力翻过身来,把他们一个个撂倒在地;六个人压在我身上时,我费了点力翻过身来;当十几个人使劲儿压在我身上时,我虽然能够动弹，却始终未能翻身。

僵持了半个小时后，我还是翻不过身来。站在一旁的妹急得大哭，上前扯住大家，要大家放开，可大家都沉浸在征服我的胜利喜悦中，哪里肯放。妹只好赶忙跑到屋里把娘喊来。

看到我被十几个人压在身下，娘气不打一处来，顺手绰起一根棍子，朝十几个孩子一顿乱扫，把孩子们打得七零八落，然后又给我一顿猛打。人家喊你跳楼你跳楼！喊你吃屎你吃屎！你一天到晚还背起人家打窝螺旋（打转转）！你骨头贱，打死你！

娘不是心狠，是要我长记性。事后孔家大婶娘的二女儿告诉我们，继父的儿子要比跳房梁和摔抱鸭子，是事先预谋好的。继父的儿子就是想把我害死。

当娘得知我没有骨气地讨好伙伴时，更生气，又把我绑在柜子上狠狠打了一顿。娘讲：人从小就要有硬骨头。你骨头软，我把你打硬起来！

世界上本没有什么好孩子坏孩子，孩子的好坏都是大人教出来的。这就是娘经常讲的"跟好人成好人，跟着瞎子扯倒琴"。

我在孤独中变得自闭，也在孤独中变得坚强。我做人的骨头，一天比一天硬起来，直到堂堂正正，宁折不弯。

娘与继父整个家族的战争，发生在我10岁时的深秋。

那天，放学回家的我们忽然发现路边的羊屎泡（一种野果）一夜间红了、熟了，欢呼着扑进了满山红色。

伙伴们蜂拥上前，摘啊，抢啊，一边往口里塞，一边往书包里装，还一边叽叽喳喳地闹个不停。你喊这苑是你的，他嚷那苑是他的，抢得手忙脚乱，欢快无比。继父的儿子依然容不得我，邀了几个亲戚的孩子，扑向我这苑，抢我的地盘和羊屎泡。抢不赢时，他们就拽下羊屎泡，往我的头上猛扎。羊屎泡是一种长满刺的灌木，那一排排的刺，锯齿一样，尖利无比。我站在地势较矮的坎下，他们站在地势较高的坎上，拽下的羊屎泡树枝，刚好直击我的脑袋。他们一下一下地猛拽，刺一排一排地扎进我的脑袋，虽然很痛，但我满不在乎。我要多抢一点，好给我妹和娘。我不晓得鲜血早已把我的头、脸和脖子都染遍了。直到大婶路过制止，他们才停止了对我的进攻。那位大婶赶忙扯了一把草药，用嘴嚼烂，敷在我的头上。

当我裹着一阵深秋的寒风像个血人滚进家门时，娘的惊讶和震怒可想而知。

娘一边大哭，一边端来水给我清洗一头的血。一盆的血水，仿佛不是羊屎泡刺扎出来的，而是娘心里流出来的。当娘看到我的头上密密麻麻地扎满了断刺时，娘大哭。那刺，一截截扎进了我的头皮，也扎进了娘的心里。

我担心娘跟人拼命，被打吃亏，就怎么都不肯讲是谁干的，而说是自己不小心弄的。

小孩的谎不是天衣，娘很快就晓得是继父的儿子干的。娘冲到每一个参与"残害"我的孩子们屋前，叉腰大吼：有娘养无娘教的，你们喊人谋我儿的命算什么本事？有本事谋我的命！我把命送上来了，你们有本事就谋！

自知理亏的人家，起先不敢接嘴。见娘越骂越起劲，就开了门来，对娘一顿猛踢猛打。人家人多势众，对付一个外来的弱女子，就像对付一只小蚂蚁。

娘身上的血和伤，当然不会换来继父的同情。那些都是他的亲戚，他不会为了娘去找他们算账，何况他的儿子是主谋。这个寨子除了孔姓人家，全是亲戚。因为山高路远，男不好娶，女不好嫁，就一个寨子之间相互结亲，一个寨子都是扯葛藤动一寨的亲戚了。

继父不但不教训儿子，还狠狠地把娘打了一顿。

娘像一只孤苦无助的羊，被狼群撕咬得伤痕累累，倒在地上。

就这样一次次争吵。

就这样一回回挨打。

内外交困的娘终于觉得自己救不了孩子，成不了孩子的靠山，娘选择了逃避和死亡。娘想，她一死，我和妹就成了孤儿，我和妹就是党的孩子，政府的孩子，就没有人敢欺负了。

在一个月黑风高的夜晚，娘拿了一根绳索，走到屋后上吊了。幸好我和妹及时发现，行将赴死的娘，被我和妹的眼泪救活。

为了我和妹能够读书，娘和继父离了。

离了3次婚的女人再离，在农村将意味着什么。

娘跟继父离婚后，没马上搬走。我们还跟继父同在一个屋檐下，法院判的，继父再不乐意，也无可奈何。

两家人分开了，两家的日子却连起来了。哪个屋里炒了一点好菜时，都会分一点给对方；哪个屋里什么没有了，另外一屋就会借给对方或者送给对方；哪个屋里大人出远门没有转来，另外一屋的大人就会主动照顾小孩的吃住。继父跟娘也不吵架、打架，相互客气了。继父的儿子也不跟我斗气赌狠，经常在一起玩了。吃完饭，两家人会坐在一起聊天，讲家长里短，讲是非小话，娘和继父还会轮流给我们摆龙门阵、讲故事。

生活，有时候就像一潭深水，我们只能在水边踏浪、嬉戏，而不能在水里泛舟、游泳。我们只要不往深处走，就不会被卷进旋涡，不会被淹死。两家人原来水火不容，可能就是把生活之水蹚得太深、太浑，全是旋涡了。

相安无事且有点其乐融融的生活，使得继父想跟娘复婚。向汉英大婶娘也劝娘跟继父复婚。但娘似乎已经看懂生活了，娘不想打破这种平静，更不想破坏我和妹难得的快乐生活。几次婚姻，让娘彻底明白，男人并不是女人唯一的天，婚姻也不是女人唯一的山，女人的一生不是男人和婚姻就可以庇护和依靠的。当男人和婚姻都靠不住时，女人只能靠自己。女人只有从男人的怀抱和对婚姻的幻想与依赖里走出来，才会变得身直骨硬、扬眉吐气。为了孩子，娘宁愿吃更多苦，也不愿孩子受一点委屈和磨难。

一生最大的勇敢都来自母亲

余秋雨

1

九旬老母病情突然危重,我立即从北京返回上海。几个早已安排好的课程,也只能调课。校方说:"这门课很难调,请尽量给我们一个机会。"我回答:"也请你们给我一个机会,我只有一个母亲。"

妈妈已经失去意识。我俯下身去叫她,她的眉毛轻轻一抖,没有其他反应。我终于打听到了妈妈最后说的话。保姆问她想吃什么,她回答:"红烧虾。"医生再问,她回答:"橘红糕。"说完,她突然觉得不好意思,咧嘴大笑起来,之后就再也不说话了。橘红糕是家乡的一种食物,妈妈儿时吃过。生命的终点和起点,在这一刻重合。

在我牙牙学语的那些年,妈妈在乡下办识字班、记账、读信、写信,包括后来全村的会计工作,都由她包办,没有别人可以替代。做这些事情的时候,她总是带着我。等到家乡终于在一个破旧的尼姑庵里开办小学时,老师们发现我已经识了很多字,包括数字。几个教师很快找到了原因,因为我背着的草帽上写着四个漂亮的毛笔字"秋雨上学",是标准行楷。

至今我仍记得,妈妈坐在床沿上,告诉我什么是文言文,什么是白话文。她不喜欢现代文言文,说那是在好好的头上扣了一个老式瓜皮帽。妈妈在文化上实在太孤独,所以把我当成了谈心对象。我七岁那年,她又把扫盲、记账、读信、写信这些事全都交给了我。

我到上海考中学,妈妈心情有点儿紧张,害怕因独自在乡下的"育儿试验"

失败而对不起爸爸。我很快让他们宽了心,但他们都只是轻轻一笑,没有时间想原因。只有我知道,我获得上海市作文比赛第一名,是因为已经替乡亲写了几百封信;数学竞赛获大奖,是因为已经为乡亲记了太多的账。

2

医生问我妻子,妈妈一旦出现结束生命的信号,要不要切开器官来抢救,包括电击?妻子问:"抢救之后能恢复意识吗?"医生说:"那不可能了,只能延续一两个星期。"妻子说要与我商量,但她已有结论:让妈妈走得体面和干净。

我们知道,妈妈太要求体面了,即便在最艰难的那些日子,服装永远干净,表情永远优雅,语言永远平和。到晚年,她走出来还是个"漂亮老太"。为了体面,她宁可少活几年,哪里会在乎一两个星期?

一位与妈妈住在同一社区的退休教授很想邀我参加他们的一次考古发掘研讨会,三次上门未果,就异想天开地转邀我妈妈到场。妈妈真的就换衣梳发,准备出门,幸好被保姆阻止。妈妈去的理由是,人家满头白发来了三次,叫我做什么都应该答应。妈妈内心的体面,与单纯有关。

妈妈如果去开会了,会是什么情形?她是明白人,知道自己只是来替儿子还一个人情,只能微笑,不该说话,除了"谢谢"。研讨会总会出现不少满口空话的人,相比之下,这个沉默而微笑的老人并不丢人。在妈妈眼里,职位、专业、学历、名气都可有可无,因此她穿行无羁。

3

大弟弟松雨守在妈妈病床边的时间比我长。在我童年的记忆中,他完全是在妈妈的手臂上死而复生的。那时的农村谈不上什么医疗条件,年轻的妈妈抱着奄奄一息的婴儿,一遍遍在路边哭泣、求人。终于,遇到了一个好人,又遇到一个好人……我和大弟弟都无数次命悬一线。由于一直只在乎生命的底线,所以妈妈对后来各种人为的人生灾难都不屑一顾。

我知道,自己一生最大的勇敢都来自母亲。我六岁那年的一个夜晚,她去表外公家回来得晚,我瞒着祖母翻过两座山岭去接她。她在山路上见到我时,没有责怪,也不惊讶,只是用温热的手牵着我,再翻过那两座山岭回家。

因 为 爱 · 母 爱

  我从小就知道生命离不开灾难，因此从未害怕灾难。后来我因历险四万公里被国际媒体评为"当今世界最勇敢的人文教授"，追根溯源，就与妈妈有关。妈妈，那四万公里的每一步，都有您的足迹。而我每天趴在壕沟边写手记，总想起在乡下跟您初学写字的情形。

  妈妈，这次您真的要走了吗？乡下有些小路，只有您和我两人走过，您不在了，小路也湮灭了；童年的有些故事，只有您和我两人记得，您不在了，童年也破碎了；我的一笔一画，都是您亲手所教，您不在了，我的文字也就断流了。

  我和妻子在普陀山普济寺门口供养了一棵大树，愿它能够庇荫这位善良而非凡的老人，即便远行，也宁谧而安详。

疯 娘

王恒绩

每个人都有娘,我也有,可我娘是个疯子。

我们全家至今都不知娘是哪里人,叫什么名字,为什么疯了?

娘的奶水里有"神经病"

二十三年前,有个年轻的女子流落到我们村,她衣衫褴褛,蓬头垢面,见人就傻笑,且毫不避讳地当众小便,村里一些男人也就常围着她转。因此,村里的媳妇们常对着那女子吐口水,有的媳妇还上前踹她几脚,叫她"滚远些"。可她就是不走,依然傻笑着在村里转悠。

那时,我父亲已有三十五岁,他曾在石料场被机器绞断了左手而截肢,又因家穷,一直没能娶亲。奶奶见那女子还有几分长相,就动了心思,围着那疯女人转了三圈,点点头说:"嗯,不错,一看就能生娃。"奶奶决定收下她给我父亲做媳妇,等她给我家传个香火后,再看情况是否把她撵走。父亲虽老大不情愿,但看着家里这番光景,咬咬牙还是答应了。结果,父亲一分钱未花,就当了新郎。

不用说,这女子后来就成了我的亲娘。

生我的时候,娘疼得死去活来,"嗷嗷"乱叫。奶奶在房里点了三炷香,念了半天祷告。然后,两个接生婆一左一右夹住娘,强行让娘双手扒在梯档上,双腿下蹲,娘胯下还放着一个木制大脚盆,里面放着好几刀草纸和软布。接生婆不管娘能不能领会她们的意思,一个劲地叮嘱娘:"用劲,再用劲。用劲呀,疯婆娘……"

因为爱·母爱

这场生产耗时七个多小时，娘就那么扒在梯档上"挂"了七小时。当娘胯下终于传来我响亮的啼哭声时，两个老天八地的接生婆累得瘫在地上动弹不得，还是奶奶为我剪的脐带。而被接生婆管制了七小时的娘也因获得了解放而大哭起来。奶奶抱着我，瘪着没剩几颗牙的嘴欣喜地说："这疯婆娘，还给我生了个带把的孙子。"

奶奶用一瓦罐母鸡汤犒劳了娘。那天，娘少有地、安安静静地偎坐在床上，被子上面搁着个小盆，奶奶端着海大一碗鸡汤给娘说："好好拿着，别泼了。骨头渣吐在这个盆子里，听见没有？要不听话，我就打你。"奶奶半恐吓半认真地说。娘接过鸡汤，居然点了点头。她抓起一只鸡腿，啃得满嘴流油。娘还真听话，将鸡骨头规规矩矩地吐在盆子里。那一大碗汤她吃得精光。

只是，我一生下来，奶奶就把我抱走了，而且从不让娘拢边。

不怪奶奶绝情，我们村曾发生过这样一起惨剧：有个女人嫁给我们村的一个单身汉，女人虽不是疯子，却是弱智。生下一个儿子后，竟在夜里睡觉时翻身压死了儿子，女人被男方暴打一顿后，撵出了门。

有这样的例子在前，奶奶岂敢大意？娘一直想抱抱我，多次在奶奶面前吃力地喊："给，给我……"奶奶没理她。我那么小，像个肉嘟嘟，万一娘失手把我丢在地上怎么办？毕竟，娘是个疯子。每当娘有抱我的请求时，奶奶总竖起眼睛训她："你别想抱孩子了，我不会给你的。要是我发现你偷抱了他，我就打死你。即使不打死，我也要把你撵走。"奶奶说这话时，没有半点含糊的意思。

娘听懂了，满面的惶恐，每次只是远远地看我。尽管娘的奶水胀得厉害，可我没能吃到娘的半口奶水，是奶奶一匙一匙把我喂大的。原来，奶奶说娘的奶水里有"神经病"，要是传染给我就麻烦了。

这个疯子娘我不要了

那时，我家依然在贫困的泥沼里挣扎。特别是添了娘和我后，家里常常揭不开锅。奶奶决定把娘撵走，因为娘不但在家吃"闲饭"，时不时还惹是生非。一天，奶奶煮了一大锅饭，亲手给娘添了一大碗，说："媳妇儿，这个家太穷了，婆婆对不起你。你吃完这碗饭，就去找个富点的人家过，以后也不准来了，啊？"娘刚扒了一大团饭在口里，听了奶奶下的"逐客令"，显得非常吃惊，一团饭就在口里凝滞了。娘望着奶奶怀中的我,口齿不清地哀叫:"不,不要……"奶奶猛地沉下脸,一下拿出威严的家长作风厉声吼道:"你个疯婆娘,犟什么犟,犟下去没你的好果子吃。你本来就是到处流浪的,我收留了你一两年,你还要怎么样?吃碗饭就走,听见没有?"奶奶从门后拿出一柄挖锄,像佘太君的龙头杖似的往地上重重一磕,"咚"地发出一声沉闷的暗响。娘吓了一大跳,怯怯地看看婆婆,又慢慢低下头去看面前的饭碗,有泪水当当地落在白花花的米饭上。

在奶奶的逼视下,娘突然有个很奇怪的举措,她将碗中的饭分了一大半给另一只空碗,然后可怜巴巴地看着奶奶。奶奶呆了,原来,娘是向奶奶表态,每餐只吃半碗饭,只求别赶她走。奶奶的心仿佛被人狠狠揪了几把,奶奶也是女人,她的强硬态度也是装出来的。奶奶别过头,生生地将热泪憋了回去,然后重新板起脸说:"快吃快吃,吃了快走。在我家你会饿死的。"

娘似乎绝望了,连那半碗饭也没吃,跟跟跄跄地出了门,却长时间站在门前不走。奶奶硬着心肠说:"你走你走,不要回头。天底下富裕家多着哩!"娘反而走拢来,一双手伸向婆婆怀里,原来,娘想抱抱我。

奶奶犹豫了一下,还是将襁褓中的我递给了娘。娘第一次将我搂在怀里,咧开嘴笑了,笑得春风满面。奶奶却如临大敌,两手在娘身下接着,生怕娘的疯劲一上来,将我像扔垃圾一样丢掉。娘抱我的时间不足三分钟,奶奶便迫不及待地将我夺过去,然后转身进屋关门……

娘终于走了,可走了娘的家还是没法走出贫困。我家依然过着"日愁三餐,夜愁一宿"的生活。

当然,这些我记忆之前的故事都是奶奶告诉我的。

当我懵懵懂懂地晓事时,我才发现,除了我,别的小伙伴都有娘。我找父亲要,找奶奶要,他们说,你娘死了。可小伙伴却告诉我:"你娘是个疯子,被你奶奶赶走了。"我便找奶奶扯皮,要她还我娘,还骂她是"狼外婆",甚至将她端给我的饭菜泼了一地。奶奶生平第一次打了我,还万般委屈地抹起了泪:"小兔崽子,你娘除了生你,什么都没干,都是奶奶把你拉扯大的。你倒好,恩将仇报。早知道,就让你那疯子娘把你一起带走。"

那时我还没有"疯"的概念,只知道非常思念娘,她长什么样,还活着吗?

没想到,在我六岁那年,离家五年的娘居然回来了。那天,几个小伙伴飞也似地跑来给我报信："小树，快去看，你娘回来了，你的疯子娘回来了。"我喜得屁颠屁颠的，撒腿就往外跑，父亲和奶奶跟随着我追出来了。这是我有了记忆后第一次看到娘。她还是破衣烂衫，头发上还有些枯黄的碎草末，天知道是在哪个草堆里过的夜。娘不敢进家门，却面对着我家，坐在村前稻场的石磙上，手里还拿着个脏兮兮的气球。当我和一群小伙伴站在她面前时，她急切地从我们中间搜寻她的儿子，娘终于盯着我，死死地盯住我，咧着嘴叫我："小树……球……球……"娘站起身，不停地扬着手中的气球，讨好地往我怀里塞。我却一个劲地往后退。我大失所望，没想到我日思夜想的娘居然是这样一副形象。早知道疯子娘是这个样子，我思念她干啥。一个小伙伴在一旁起哄说："小树，你现在知道疯子是什么样吧？就是你娘这样的。"

我气愤地对小伙伴说："她是你娘！你娘才是疯子，你娘才是这个样子。"我扭头就走了。

这个疯子娘我不要了。

出人意料，奶奶和父亲却把娘领进了门。当年，奶奶撵走娘后，乡亲们议论很多，奶奶的良心受到了拷问，随着一天天衰老，她的心再也硬不起来，所以主动留下了娘，而我老大不乐意，娘丢了我的面子。

这是我会说话以来第一次喊娘

我从没给娘好脸色看，从没跟她主动说过话，更别想我喊她一声"娘"，我们之间的交流是以我"吼"为主，娘是绝不敢顶嘴的。

家里不能白养着娘。奶奶决定训练娘做些杂活，下地劳动时，奶奶就带娘出去"观摩"，说不听话就要挨打。虽然真要打起来，奶奶远远不是娘的对手，可娘对奶奶噤若寒蝉，娘再疯，也知道这个头发花白、走路蹒跚的婆婆操纵着自己的"生杀大权"，千万惹不得。奶奶叫娘割草，她就割草；叫她捡柴她就去捡柴。过了些时日，奶奶以为娘已被自己训练得差不多，就叫娘单独出去割猪草。没想到，娘只用了半小时就割了两筐"猪草"，奶奶一看，又急又慌，娘割的是人家田里正生浆拔穗的稻谷。奶奶气急败坏地骂她"疯婆娘""谷草不分""活着是造粪"……奶奶正想着如何善后时，稻田的主人找来了，竟说是奶奶故意教唆的。奶奶火冒三丈，当着人家的面拿出根棒槌一下敲在娘的后腰上，说："打死你这个疯婆娘，你给老娘滚远些……"娘虽疯,疼还是知道的,她一跳一跳地躲着奶奶的棒槌,口里不停地发出"别、别"的哀号。最后,人家看不过眼,主动说:"算了,我们不追究了。以后把她看严点就是……"

这场风波平息后,娘歪在地上抽泣着。我鄙夷地对她说:"草和稻子都分不清,你真是个猪。"话音刚落,我的后脑勺挨了一巴掌,是奶奶打的。奶奶瞪着眼骂我:"小兔崽子,你怎么在说话?再怎么着,她也是你娘啊!"我不屑地嘴一撇:"我没有这样的傻疯娘!"

"嚄,你真是越来越得志了,看我不打死你。"奶奶又举起了巴掌,这时只见娘像弹簧一样从地上跳起,横在我和奶奶中间,娘指着自己的头,"打我、打我"地叫着。我懂了,娘是叫奶奶打她,别打我。

奶奶举在半空中的手颓然垂下,嘴里喃喃地说道:"这个疯婆娘,心里其实有数啊!"

我上学不久,父亲被邻村一位养鱼专业户请去守鱼池,除混个一日三餐,每月还能赚五十元工钱,家里这才稍稍缓口气,起码粮食够吃了。娘仍然在奶奶的带领下出门干活,主要是打猪草,没再惹什么大的乱子。

记得我读小学三年级的一个冬日,天空突然下起了雨,奶奶让娘给我送雨伞。娘可能一路摔了好几跤,浑身像个泥猴似的,她站在教室的窗户旁望着我傻笑,口里还叫:"树……伞……"一些同学嘻嘻地笑,我羞得面红耳热,冲她挥挥手,让她走开些。娘不为所动,依然站在那里喊:"树……伞……"班上最调皮的范嘉喜还刻意模仿娘那含糊不清的叫声:"树……伞……"这一学,全班都哄堂大笑。我如坐针毡,对娘恨得牙痒痒,恨她不识相,恨她给我丢人,更恨带头起哄的范嘉喜。当他还在夸张地模仿时,我抓起面前的文具盒,猛地向他砸过去,却被范嘉喜躲过了,他冲上前来掐住我的脖子,我俩厮打起来。我个小,根本不是他的对手,被他轻易压在地上。这时,只听教室外传来"嗷"的一声长啸,娘像个大侠似的飞进来,一把抓起范嘉喜,拖到了屋外。都说疯子力气大,真是不假。娘双手将欺负我的范嘉喜举向半空,他吓得哭爹喊娘,一双胖乎乎的小腿在空中乱踢蹬。娘毫不理会,居然将他丢到了学校门口的水塘里,然后拍拍手,一脸漠然地走开。

我被娘的行为吓得呆若木鸡,甚至忘记了呼救。那天,所有老师都在校长办

公室开会,对这里发生的一幕毫不知情。幸亏学校烧饭的大师傅将范嘉喜从水塘里捞了起来,那个调皮蛋冻得全身青紫,身上还有挂伤,被后来赶到的老师们送到了卫生院……

娘为我闯了大祸,她却像没事似的。在我面前,娘又恢复了一副怯怯的神态,讨好地看着我。我明白这就是母爱,即使神智不清,母爱也是清醒的,因为她的儿子遭到了别人的欺负。当时我就情不自禁地叫了声:"娘!"这是我会说话以来第一次喊她,娘浑身一震,久久地看着我,然后像个孩子似的羞红了脸,咧了咧嘴,傻傻地笑了。那天,我们母子俩第一次共撑一把伞回家。娘的一双腿在泥泞的路上呼呼地、有力地往前行,将那泥浆踩得四处飞溅。

我把这事跟奶奶说了,奶奶吓得跌倒在椅子上,连忙去把爸爸叫了回来。爸爸刚进屋,一群拿着刀棒的壮年男人闯进我家,不分青红皂白,先将锅瓢碗盏砸了个稀巴烂,家里像发生了九级地震。这都是范嘉喜家请来的人,范父恶狠狠地指着爸爸的鼻子说:"我儿子吓出了精神病,现在卫生院躺着。你家要不拿出一千块钱的医药费,我一把火烧了房子!"

一千块?爸爸每月才五十元钱啊!看着杀气腾腾的范家人,爸爸的眼睛慢慢烧红了,他用非常恐怖的目光盯着娘,一只手飞快地解下腰间的皮带,劈头盖脑地向娘打去。一下又一下,娘像一只惶惶偷生的老鼠,又像一只跑进了死胡同的猎物,无助地跳着、躲着,她发出的凄厉叫声以及皮带抽在她身上发出的那种声响,我一辈子都忘不了。最后还是派出所所长赶来制止了爸爸施暴的手。

调解结果是,双方互有损失,两不亏欠,谁再闹就抓谁!

派出所在乡下拥有绝对的权威,范家人走后,爸看着满屋狼藉的锅碗碎片,又看着伤痕累累的娘,他突地将娘搂在怀里痛哭起来,说:"疯婆娘,不是我硬要打你,我要不打你,这事下不了地,咱们没钱赔人家啊。这都是家穷惹的祸!"爸又看着我说:"树儿,你一定要好好读书考大学。要不,咱们就这样被人欺侮一辈子呀!"

我懂事地点点头。

娘手里紧紧攥着一个野鲜桃

从此,我读书可以用"玩命"来形容。2000 年夏,我以优异成绩考上了高中,积劳成疾的奶奶却不幸去世，家里的日子更难了。恩施州民政部门将我家列为特困家庭，每月补贴四十元钱，我所在的高中也适当地减免了我的学杂费，我这才得以继续读下去。

由于是住读，学业又抓得紧，我很少回家。父亲依旧在为50元打工，为我送菜的担子就责无旁贷地落在娘身上。每次总是隔壁的婶婶帮忙为我炒好咸菜和青菜，然后交给娘送来。二十公里的羊肠山路亏娘记下来，她每个星期天为我送一次，风雨无阻。也真是怪，凡是为儿子的事，她一点也不疯。除了母爱，我无法解释这种现象在医学上应该怎么破译。

2003年4月27日，又是一个星期天，娘来了，不但为我送来了菜，还带来十多个野鲜桃，我拿起一个，咬了一口，笑着问她："挺甜的，哪来的？"娘说："我……我摘……"没想到娘还会摘野桃，我由衷地表扬她："娘，您真是越来越能干了。"娘嘿嘿地笑了。

娘临走前，我照例叮嘱她注意安全，娘哦哦地应着。送走娘，我又扑进了高考前的最后总复习中。第二天，我正在上课，婶婶匆匆地赶到学校，让老师将我喊出教室。婶婶问我娘送菜来没有，我说送了，她昨天就回去了。婶婶说："没有，她到现在还没回家。"我心一紧，娘该不会走岔道吧？可这条路她走了三年，照理不会错啊。婶婶问："你娘没说什么？"我说没有，她给我带了十几个野鲜桃哩。婶婶两手一拍："坏了，坏了，可能就坏在这野桃上。"婶婶为我请了假，我们沿着山路往回找，回家的路上确有几棵野桃树，因长在峭壁上才得以生存下来。我们同时发现了一棵桃树有枝丫折断的痕迹，底下是百丈深渊。婶婶看了看我，说："我们弯到峭壁底下去看看吧！"我说："婶婶，您别吓我，我娘不会……"婶婶不容分说，拉着我就往山谷里走……

娘静静地躺在谷底，周边是一些散落的桃子，她手里还紧紧攥着一个，身上的血早就凝固成了沉重的黑色。我悲痛得五脏俱裂，紧紧地抱住娘，说："娘啊，我的苦娘啊，儿悔不该说这桃子甜啊，是儿要了您的命。娘啊，您怎么不答应我？您活着没享一天福啊……"娘再也不会回答我，再也听不见儿的呼唤，再也不能为我送饭送菜，我将头贴在娘冰冷的脸上，哭得漫山遍野的石头陪着我落泪……

2003年8月7日，我在娘下葬后的第一百天时，湖北一家大学烫金的录取通知书穿过娘所走过的路，穿过那几株野桃树，穿过村前的稻场径直飞进了我家门。

母 亲 的 背 是 最 安 稳 的 床

我神情凛然地把这份迟来的鸿书插向娘亲冷寂的坟头:"娘,儿出息了,您听到了吗?您可以含笑九泉了!娘啊……"

我的妈妈

陶晶莹

2009年1月,我当了第二个孩子的妈;两个月后,我失去了自己的母亲。

妈妈活了74岁,不算长,也不算太短。

遗体在简单的基督教仪式后被火化。一个完整的人,就只剩下半铁盘的骨骸。我们几个女儿用一双长筷子,轮流把骨骸夹进骨灰罐。罐子上有一张几年前她还红光满面的照片。

我的悲伤还算好处理,但对于妈妈的愧疚,则不能稍减。

曾经试过要好好与她相处,但身为儿女,总是对父母有一种予取予求的盛气,往往聊不到几句,便不欢而散。后期更因为要控制她的糖尿病病情,常劝阻她吃东西而不愉快。身为幺女的我,常常对她长篇大论、晓以大义,她却只是无辜地说:"我要喝果汁、吃饼干。"

人生多难料?命运多残酷?

实在很难把吵着要吃饼干的妈妈,和年轻时意气风发的妈妈联系在一起。

外公学的是艺术,又是国文老师,自然对家中的长女要求甚高。妈妈也不负期望地在那个年代以高中学历考进"中广"苗栗台。还记得曾经看过一张妈妈在高中时的黑白照片,那里面一共有7个高中女生,妈妈说,她们是"七仙女"。妈妈坐在最中间的位置,笑得最自信、最灿烂,头发明显和其他女生不一样,稍微上了些卷子,那样的神采使她当之无愧地获得校花的名号。

听妈妈说,年轻时外公管得严,不管是空军军官的情书,还是热情听众的来信,都会被外公管控。唯独爸爸能闯关成功,是因为爸爸被调到"中广"苗栗台,和妈妈成了同事。

妈妈说，当时看爸爸很不顺眼——好像所有的恋情都少不了这一段，因为注意到了，所以被吸引，却又不愿承认，便嘴上用力地抵抗着——因为妈妈嫌他太烧包！在四十几年前的苗栗小镇，爸爸一出现便是整套笔挺的西装，胸前挂的是照相机和液晶显示收音机，妈妈便觉得这个人太爱表现。

后来，爸爸每天送妈妈回家，但又怕妈妈的家人发现，便在快到家门口的一座小桥那儿先离开。回忆起来，妈妈说那是觉得他烦。直到有一次，妈妈要坐火车去探望亲戚，爸爸去送行。火车要开了，爸爸很不舍地跟着火车小步跑，直至跟不上了，便大喊："你要早点回来！"妈妈的心这才被融化了，她说，觉得爸爸好孤单、好可怜。后来，他们结婚，有了三个女儿。

大姐说，她小时候常听到他们两个人对唱情歌，家里充满了欢乐的气氛。这和我的记忆完全相反。

或许因为我又是一个女儿，父亲难免失望；再加上举家北迁，经济压力变大，印象里的爸妈，总是为了钱不愉快。现在想想，妈妈为我受了许多委屈。不仅家庭、工作两头忙，还要因为没生个男孩，饱受爸爸的冷嘲热讽。

如果他们只有两个女儿，或许日子会好过一点；如果待在苗栗，或许可以更快乐。所以，还是很感谢妈妈勇敢地生下了我，还是很感谢爸爸带着全家人北上，不然，不会有我，不会有今天的我。

我曾经怨恨过，怨妈妈为什么不像栽培姐姐般地栽培我——她们学小提琴、学钢琴、学芭蕾舞、学民族舞，我只学过一年钢琴。在父母争吵时，我也恨自己不是男生，不能让妈妈理直气壮。爸爸动手打我时，我更气妈妈为何不挺身相救，只在事后抱着我哭？

那时的我并不能了解，妈妈已经用尽全身的心力在职场上打拼，下班后还得赶回家张罗晚餐、料理家务，妈妈没有时间做梦，没有喘息的空间。没有人在乎她年少时如何被宠爱，如何被崇拜；而她在庸庸碌碌的日子里，是否也曾回想过那少女时玫瑰般的梦？后来，我成为一个主持人。又是电视节目又是广播又是大型晚会，妈妈没说过一句以我为傲的话，只是看着电视然后对我笑："没想到我女儿这么丑也能上电视当明星。"这句话把我和她的关系搞得更僵。

我搞不清楚她喜不喜欢我的表现。她只在我说话大胆时捶我两下："女孩子不可以这么说话！"或在我将她的糗事模仿出来时夸张地捂嘴："下次不准在电视上说我的事！要命！"我还是没听过一句她赞许我的话。

但她还是常拉着我到亲朋好友面前"展示"。我当时不知道，那就是她以我为傲的方式。所以，我学她用损人的方式赞美人，用不在乎的态度掩饰在乎。我不赞成她的方式，却又在仰望着她时变成了她。

等到自己有了孩子，我才惊觉，如果我用同样的方式对我的孩子，他们会有多寂寞。

我要大力地拥抱我的孩子，管他是不是小眼睛、塌鼻子，他们都是我生的，遗传自我和我最爱的人，每一个小细节都美得完美或不美得可爱。我要不断地亲吻他们，为他们轻柔地哼着摇篮曲。就算他们听不懂，我也要告诉他们我汹涌满盈的爱，不让他们有一丝丝负面的感受。我要减少工作，不错过他们需要我的每一刻。他们跌倒了，我能蹲在一旁及时地帮忙。他们多学会了一句话，我能先听到。他们五音不全地唱歌，我能跟着和，为他们鼓掌。

我要为那些错过的，做些弥补。

我要把妈妈那时错误表达的，正确解码。

我不要在孤孤单单地躺进冰柜后，才突然惊觉还有好多事没交代，好多话没说。

大姐说，妈妈这次自己都没想到自己不会再出院了。

妈妈走时是早上8点，加护病房里没有亲人，三个女儿稍后才赶到。当女儿们都到时，她才合上眼。

她会不会不甘心？会不会想亲口对我们说上一堆肉麻的话？已无从得知。

我自己当然是懊悔的。但我相信，就算妈妈活过来，一切也不会有太大改变。她还是会损我，我还是会顶回去。

我们身上长满了刺，却又那么想拥抱对方。

我只能从她的身上学到一些，来改进自己，清楚自己真正想要的和想说的，好好地去爱，算是对她的一些缅怀、一些纪念。

母爱日记

〔英〕尼亚·温 张 豫/译

1998 年夏

夏末,我和亚利克斯的孩子就会来到这个世界。医生说,一切正常。我妈妈说,新生命的降临会给我们的生活带来天翻地覆的变化。

怀孕后期,我的感觉并不好。医生说这很正常,丈夫也把我的不适归咎于炎热的天气。

我们常常会谈论这个即将到来的孩子。也许,他会有蓝色的眼睛、红扑扑的脸蛋,还会有金色的头发;也许,她会有褐色的眼睛、黑色的卷发。在我们的想象中,他或者她一定会像电视广告中的宝贝一样可爱。为了迎接新生命的到来,我们还精心布置了婴儿房。

1998 年 8 月

如果让我选择留住一种心情,我一定会选择儿子降生时的心情。那一刻,我感觉天堂就在我心中。

乔·亚历山大 8 月 29 日下午 1 点零 7 分出生,比预产期提前了两周,体重 6 磅 10 盎司(约 3.01 千克)。这个粉嫩的小宝贝,看起来非常健康。根据阿普加新生儿评测(检测新生儿心率、呼吸和基本身体灵活性),他的各项指标也都不错。乔的头发是黑色的,眼睛是蓝色的,比我们想象的要漂亮很多。

我们在第一时间拨打了所有家人和朋友的电话,和他们分享快乐。夏日的阳光透过窗户照进室内,护士笑容满面地进进出出,一切看起来都那么完美。

不过，对我来说，这却是从天堂到地狱的旅程。前一刻，我还在天堂；后一刻，我就来到了地狱。

下午3点16分，乔皮肤健康的光泽慢慢消失，肤色开始变暗。护士脸上的笑容消失了，乔被送到重症监护病房。儿子被推走的那一瞬间，我的生命好像也随之而去。

我们的耳边是医生不断说出的专业术语，还有各种仪器发出的声音。我们不知道究竟发生了什么，只能一遍又一遍地告诉他，我们爱他。

玻璃墙那边，有许多健康的宝宝，我能看见那些妈妈脸上难以抑制的幸福笑容。

乔仍然处在重症监护之中，医生说他体内的糖分正在异常代谢，而且没有任何改善的迹象。

亚利克斯把我紧紧地抱在怀里，他说乔一定会好起来，一切都会好起来。我想我们的心从来没有如此靠近过。

我清楚地看见亚利克斯离开病房，钻进车里后，开始号啕大哭。

1998年9月

我应该高兴，因为我们正在回家的路上。医生告诉我们，一切都好，乔的身体没有遭受到任何损害。亚利克斯说一切只不过是一场噩梦，梦醒了，一切就会好起来。可是，不知道为什么，我没有这种感觉。虽然一切看起来都很正常，可是我总觉得乔的哭声不太对劲。

为了迎接乔，亚利克斯制作了一盘录像带。这一天录像的标题是"9月14日，离开医院，回家了"。

我们到家的时候，邻居们都在家门口迎接我们。他们说："就知道一切都会好起来的。"他们轮流抱着乔，等到他被转了一圈，重新回到我的怀抱中后，录影才结束。每个人都在笑，大家开心地聊天，还打开香槟庆祝。

我怀抱着乔，在镜头前笑着。

事情并不像我们想象的那么完美。乔没有办法入睡，总是在哭闹，还不停地在我怀里弓起背部，喂他变得越来越困难。可是，医生还是说不用担心。卫生寻访员的解释是，我的孩子是一个"忧郁的孩子"，所以比较爱哭闹。

母 亲 的 背 是 最 安 稳 的 床

1998年11月

我记得，我第一次带乔到医院复查的时候，医生曾说过，乔看起来很健康，喂养也很得当。可是今天我带乔到医院复查的时候，医生已经不太肯定了。他们说，乔的成长状态不太符合他的年龄，他们决定为乔做一次全身检查。

我没有告诉亚利克斯，我根本不知道该对他说些什么。他很爱乔，乔的照片就在他的钱包里，他会给每个朋友看乔的照片。

医生把我和乔留在医院。我轻轻拍着他，看着他的眼睛不安地睁开，闭上。医生开始用药物改善乔的状况，可是，乔的情况变得更糟，他开始抽搐，尖叫。他的头发开始脱落，对周围的一切也很少有反应。

医生说，他不确定乔现在是不是能看到我们，护士也说乔吞咽的样子、不停弓起背的怪异举动，还有他睁开眼睛的方式，看起来都不太对劲。

在几天的时间里，医生为乔做了多项测试。一项项测试结果把我们的心一点点打成碎片。我站在那里，看着乔。他那么漂亮，怎么可能不正常？

1999年1月

我们的世界倒塌了。1月的这个星期三下午，乔被确诊为重度脑性麻痹。

神经科的医生指着乔的X光片告诉我们，乔的大脑受损，已经严重影响到大脑的功能，属于重度残疾。

她告诉我们，乔永远看不到任何东西，永远学不会走路、说话或者我们能想到的任何事情。以现在的技术来说，重度脑性麻痹意味着我们没有任何希望。

我们抱着乔回到候诊室，静静地坐着，一动不动，等着拿药。然后，我们收拾好东西，抱着他回到车里。在车上，我不知道该说些什么。

坐在我们之间的乔大部分时间一动不动，没有任何反应。我们不知道他的想法，他也不知道我们的，我们对彼此一无所知。

那段日子，我们不想接任何电话。这是属于我们和乔的私人空间，我们不希望被任何人打搅。我们坐在婴儿房里，周围全是玩具，可是没有任何东西能吸引乔的注意。我和亚利克斯的目光鲜有交流，痛苦的感觉是那样真切。我们孤独而无助，大部分时间只是紧紧抱着对方，在对方的怀抱里寻求安慰。每天晚上，我们轮流照顾乔。乔小小的身体常常因为肌肉痉挛而抽成一团。

一天晚上，亚利克斯看着天上的星星，一动不动地坐了一整夜。第二天，他对我说："这就像死刑。"

然后，他重重地摔上了门。

是的，这就像死刑判决。我想一死了之。

理疗师说："乔对一切没有感觉，这对他来说，或许是最好的。"

语言矫正专家说："你们必须接受乔永远不能开口说话的事实。"

眼科专家说："你们必须接受乔永远看不见的事实。"

可是不管怎样，当务之急是乔的治疗。我们抱着他到处求医问药，希望他不再像这样沉睡。

根据医生的建议，我把维生素混到给乔喝的牛奶里面。我给他活动身体，给他配药。下午，怀抱着他睡觉的时候，我能够闻到他身体发出的怪味。他的一头黑发也已经全部变白。

亚利克斯在乔出生前给我买了一个记事本，本子的封面上印有一个银色的摇篮。本来，这应该是乔出生后的大事记。可是，乔出生后，上面记录的只是关于康复理疗以及中医推拿技术的细节。

乔的脖子没有力量支撑起头，大脑也无法指挥肌肉的运动方向，所以，他的头总是没有方向地晃动。我们轻轻摸着他的头，希望他的大脑最终能够接收到我们的信息。

今天，我带着他到马路对面的教堂。路上，我第一次看到乔的表情有了细微变化，看起来他好像喜欢风吹到脸上的感觉。

1999 年秋

夏去秋来，乔长成了漂亮的小男孩。

每天，我都会带他出去。他依偎在我的胸前，看起来，我们和其他出来散步的母子没什么不同。

乔的失明和失聪让我感受到了以前从未感受到的新景象。和他在一起的时候，周遭的一切都会给我全新的感受。

客厅里的茶几不再干净整洁，一本关于脑性麻痹的书、一个用来给乔口腔内部按摩的橡胶小牙刷总是放在那里。除此之外，还有一根艳粉色的长羽毛，那是我用来诱导他松开紧握的拳头的道具。

亚利克斯说，现在我们已经没有时间和空间做任何和乔无关的事情了。乔出生前，他习惯把脚放在茶几上，但是现在，那里没有他的位置了。

神经科的医生不愿意减少乔的药量，虽然我告诉她，我的直觉告诉我，如果乔不吃那些药会更好。医生说我的情绪太低落了，她说，或许我们应该再要一个孩子。但是我不想，我只想要乔，我想了解我的乔。

我没有遵守医生的建议，开始自主减少乔的药量。医生说我一定是疯了。

出生18个月后

尽管神经科的医生说那张小纸片上的内容并不意味着太多东西，但是对我们来说，那意味着太多太多。

纸片上说，乔的脑电图没有显示癫痫的迹象，也就是说，乔的脑波是正常的。

现在已经到了春天，乔真的没有必要再吃那些药了。我能看到，我相信，乔也能感觉到。

今天，我和乔躺在地板上。

我看到乔的左胳膊慢慢向前挪动，想摸放在那里的玩具。这是他人生的第一次主动触摸。

乔能自主控制肌肉的运动了！这对我们是一个意想不到的鼓舞。

我们决定把婴儿房布置成一间光感应室，试图用灯泡刺激乔的感觉。

在改造后的婴儿房中，我按照医生的建议有规律地开关一个240瓦的灯泡。

"看这盏灯，乔！"我说。

我多希望他能看到哪怕一点点光线。

起居室是乔的治疗房，婴儿房是光感应室，我们的卧室也堆放着为乔治病的各种设备。晚上，乔睡在我们之间。

为了照顾乔，他不得不放弃报社摄影师的工作，成了自由职业者。

2000年秋

我和乔像是密不可分的一个人。我的胳膊是他的，眼睛也是他的，我把全世界都给了他。他离不开我，我也不能离开他。

因为爱·母爱

我沮丧的时候，总是会到他那里寻求安慰。只要能摸到他，抱住他，一切都会归于平静。

亚利克斯说我为自己和乔织了一个外人无法进入的茧，他说我已经忘记了什么才是正常的生活。我和亚利克斯的关系不再融洽，他说我的世界里只有乔，他觉得他应该离开了。

乔是我现在全部的人生，我的爱全部给了他，我不能把他从我的思想中赶走。

亚利克斯说，我们两个应该单独待些日子，只有我们两个。可是，太迟了，婚姻一旦出现裂痕，就难以弥合。也许，在内心深处，我并不想分手。也许，现在根本不是分手的时候。可是，我知道我没有别的选择。

如果我不是一直坐在厨房，如果我不是正帮着乔活动手，我一定会错过这个重要时刻。

如果手机的铃声不是他最喜爱的旋律，如果我回电话的时候，没有往他的方向看，我一定会第二次错过这个重要时刻。

这一切都没有发生，所以，我亲眼看见乔正举着小拳头轻轻敲击。

本来那会是普通的一天，但是，在普通的日子里，总会有不普通的事情发生。几乎是偶然之间，我为我们的交流找到了突破点。

"敲一次代表'是'。"我一边说，一边把他的手举起来，在桌上敲击了一次。

"敲两次，代表'不'。"

"你想喝点什么吗？"

"不！"

"想让我抱你吗？"

"不！"

"想听音乐吗？"

"是！"

"你知道我爱你吗？"

"是。"

我们开始交谈了，乔和我。我敢肯定，他明白我说的一切。

我开始用一个新记事本记日记，日记的名字叫"复活"。

我和乔跨越了隔阂，他重生了，我也是。

丁香花开的时候

刘少华

今春沙尘暴刮得猛,可宿舍楼前的一株丁香树还是如期开花了。那簇簇馥郁芳香的紫丁香花,再次将我的思绪牵到久远的过去,让我想起了妈妈年轻时如花的笑脸,想起了当年妈妈和我们共同度过的欢乐日子。岁月无痕,母子有情。现在,让我用心来写这篇迟到的丁香花的思念吧!

我的妈妈叫周桂兰,内蒙古乌兰浩特人,属猪,她走时年仅46岁,是我从不敢轻易回忆的年龄。人们都说,孩子眼里的妈妈是美丽的。这其间有血缘关系和情感因素。但我要说,我的妈妈是真美丽、真漂亮。她高挑的身材、白皙的皮肤、大大的眼睛、微黄的秀发,总有几许"洋洋"的韵味。她养育我们6个儿女,吃了那么多苦,受了那么多罪,可身材苗条不改,容颜白里透红。听她爽朗的笑声和甜甜的歌唱,我们真为有个"漂亮妈妈"而自豪!

妈妈小学文化,没有正式工作,在街道居委会当主任。她平凡却不失高雅,爱心悠悠,温情脉脉。有一年,爸爸出车拿回两株花树苗,一株是榆叶梅,一株是丁香。妈妈领着我们几个孩子在平房前挥锹栽种,很快两株树发芽开花、缤纷烂漫起来了。妈妈捋着头发动情地说:"咱家种树开花好兆头,我和你爸盼着你们几个孩子如花似树、前程似锦啊!"

美丽的妈妈给我们吉祥的祝福,给我们一则丁香花般的童话,她成了我们一生挥之不去的丁香情结。至今,我依旧清晰地记得妈妈骑车是从前梁上偏腿上的,她最好的一件衣服是毛蓝色的涤卡上衣,她爱唱一首歌《杭州的姑娘辫子长》。她每月的居委会主任津贴是六元钱,一到发薪之日,她总要用手帕包回黄杏或枣糕，看着我们吃，自己却舍不得动一口。冬天，她怕煤烟熏着我们，晚间从来不压火。早上六点起来生火，炉下烤土豆，炉上用玉米油煎一锅土豆片。我们上学的路上，是用手捧着吃这简单而火烫的早餐的。在我的记忆里，妈妈生活中最难为情的经历是去邻居家借十元钱，最开心的事情是在呼和浩特关帝庙小学看我和妹妹在主席台上同受表彰。

清贫中的妈妈是艰难的，也是乐观的，她是精神的富有者。她一辈子没有存过钱，想回一次乌兰浩特老家都未能成行。但在我结婚时，她硬是借钱给我买了一块法国产的"野马"牌手表，并在结婚当天，把保存了26年的我的出生证和一张纸页发黄的日历牌交给了我。妈妈情怀温暖，心细如丝。面对这一份"厚礼"，我惊讶而激动。然而，妈妈确确实实很穷，连一件值钱的物品都没有。她唯一的宝贝就是后窗台上的记事本——那是我给她的一个橘红色塑料皮采访本，里面记着借款的账目，记着每月柴米油盐的支出，记着孩子过生日煮鸡蛋的事。在这方小本里，还有妈妈工工整整抄写的《绣金匾》的歌词。在呼和浩特市中山东路办事处怀念周总理的演唱会上，妈妈一改羞涩的性情，登台高唱此歌。她音色质朴、情真意切，歌声、泪水交融，拨动了台下一根根心弦。顿时，我觉得妈妈那么清秀，那么真诚，那么善良，又那么伟大！

妈妈热情、贤惠、坚强，更有人格魅力。她有胃溃疡，痔疮还很严重，可她从不随意休息片刻。她的身影总是忙碌的，她的脚步总是轻快的。怎能忘，她每天准点为我们做好饭，又走街串院检查卫生，走家串户抓计划生育。晚上，她坐在炕头不是纳鞋底，就是做棉衣。她真忙，又真高兴。她属于我们，属于社会，也属于大家。然而，劳累和操持最终让她病倒了。那是1981年4月底，我陪她去内蒙古中蒙医院检查。大夫说，需做胃肠造影。熟识我的挂号员顺手用我的医疗证给她办了检查手续。谁料，她持单入室检查时，发现是用我的公费医疗手续，马上回身对我说："儿子，妈是家庭妇女，不是国家干部，这便宜咱不能占。你若没这五元钱，妈就不查这病了！"妈妈轻声说着，眼里却闪出严肃的神情。我愧疚，满脸通红，又跑去重办自费手续。发生在医院走廊里的这段"插曲"，竟成了教育我几十年的人生一课！

妈妈病了，一病不起。她连连呕吐，口苦得就想吃樱桃，可当时根本就没有樱桃上市，急得我落了泪。在焦急和呼唤声中，妈妈还是在1981年6月1日凌晨去世了。她在生命弥留之际，喃喃地留下两句话。一句是："我的孩子们要好好学习，好好生活，做个正直的有出息的人。"再一句是："端午节快到了，妈不在，叫邻居刘大娘替妈给你们包粽子，咱家木桶小绿袋里装的是江米。"她就这样静静地走了，留给我们的是嘱托、眷恋、慈爱。我和弟弟妹妹为她换衣服，只见她一条秋裤补了5块补丁。这5块补丁时时浮现在我的眼前，牢牢补在我的心头，让我永远心痛，永远也补偿未及啊！

日月轮回，往事如烟，唯有妈妈是我心中一道不落的彩虹。屈指数来，妈妈离开我们已经二十年了。二十年在历史长河中是短暂的，可在我的生活中是漫长的，因为我是在期待和顾盼中度过的。二十年来，我一天都没有忘记妈妈，经常在梦乡里与她相逢，经常在春风里与她对话。妈妈是我们生命的保护神，妈妈是我们心中的一盏灯。她给了我们生命，给了我们希望，给了我们学业。她付出了那么多爱心，可一天福也没有享过，一次让我们表示孝心的机会都没有给。她劳碌一生，奉献一生，竟连有暖气的楼房都没有住过，没看过彩电，没用过煤气和洗衣机，临走时想吃一颗樱桃都未能如愿。妈妈可知道，风雨二十载，社会发生了沧桑巨变，现代物质文明早已走进了百姓生活。她割舍不下的儿女也都长大成人，分别当了高级记者、厅级领导、院校教授、药剂师、外交官、武警中校，连她唯一见到的长孙也在北京上了大学。然而，在举家团圆的日子，我们总在为失去她这位家庭的"顶梁柱"扼腕叹息。如果说人生最大的痛苦莫过于生离死别，那么遗憾却是心中的痛、无言的苦，让人长歌当哭，一生不宁！

妈妈一定知道，眼下我的年龄都比她走时大了一岁，可我永远是她的儿子。每逢除夕夜中央电视台春节联欢晚会开始的时刻，我就禁不住望着窗外飘飞的雪花纵情遐想。多盼她蓦然翩翩而归，穿的还是那件毛蓝色的涤卡衣服，披一条紫红色的毛围巾，坐在我们中间，叫着我们久违的乳名，尽享天伦之乐。届时，我要告诉妈妈，1998年夏我去莫力达瓦采访，在尼尔基镇恰遇樱桃上市。那一篮篮、一盆盆的樱桃，晶莹鲜亮，红似玛瑙。我从达斡尔族老大妈的柳筐里买了十斤红樱桃，又径直来到嫩江渡口，虔诚地把樱桃撒入江中。我知道，妈妈从不讲迷信。但，我是在还愿，在还她临走前没吃上樱桃这个愿！

而今，历史已经翻开了新春的扉页。看，妈妈从乌兰浩特的洮儿河边走来，又向大草原深处走去。她的身影多么熟悉，多么亲切。我们看见了，她在遥远地凝视。她的目光是那么温热、那么慈祥。我要说，草原的路有多长，妈妈对儿女的牵挂和祝福就有多长。无论妈妈走到什么地方，其实，永远没有走出留给儿女的母爱的毡房……

又是丁香花开时，花香袭人，花色迷人。此间，妈妈是一首甜婉的歌。听，"生活中正因为有了您，我们的生命才有意义"。这不是诗人浪漫的格言，这是儿女心底的回声。伴着儿女轻声的呢喃，亲爱的妈妈早已回来了。瞧，她不正微笑在紫丁香的花丛之中吗？

最后的母爱

小 疼

很长时间了，我一直无法忘记她。

她曾经是我的病人，一位年过六旬的老人。她的一双儿女将她送来时，她虽然已经非常憔悴，但依然保持着一个女人并未随时光老去的优雅——头发没有白，梳理得非常整齐；黑色开衫毛衣套在一件墨绿色的衬衣上，黑色短裙，方口皮鞋；她人略瘦，习惯性地先微笑再开口，笑容苍白但很真诚。

她的女儿说她刚退下来，之前是大学教授，曾经在国外待过几年。但检查结果很无情，脑瘤，已是晚期。职业本能告诉我，她的时间不多了，甚至已没有手术价值——即使手术，也无法延长她的生命，只能让她白白承受手术的痛苦。

看得出来，她的儿女很孝顺，目光里满是焦灼和忧虑，但在她面前，还是努力保持着一份轻松。她的儿子偷偷告诉我，若检查结果不太好，不要告诉她实情；只要有一线希望，他们会不惜一切代价拯救母亲。

在我想着如何婉转地告诉她的儿女这样的状况时，她却敲开了我的门。

她微笑着说："我不是来询问检查结果的，我的身体状况我很清楚。"

我愣了一下，决定不再隐瞒，便点点头说："是的，情况不太好。"

她依然微笑着说："我想请求您帮我安排手术。"

我再次愣怔，这样的要求并不理智。停顿了一下，我说："也许保守治疗会更好一些。"

"不！"她果断地说，"我要手术。可以做手术的是吗？况且，保守治疗的费用并不比手术低。"

因为爱·母爱

她忽然握住我的手说:"能够手术我还可以给他们一份希望,让他们相信我还有康复的可能;若连手术都无法做了,他们一定会很绝望,我不想他们现在就绝望。"

这是我做医生的第十三个年头,在此之前,我不记得自己遇见过多少病人,给多少病人做过手术,又给过多少病人无药可救的绝望答案,也不记得邂逅过多少相互疼爱和不舍的亲人——父母子女、兄弟姐妹……因为经历太多,我已经不再随同他们悲伤或感动,可眼前这个平静而憔悴的老人,还是让我难以抑制地有流泪的冲动——一切都在走向结束,那是她生命中最后的日子,她心知肚明,但她还要用自己正在凋零的生命给孩子们最后一线希望。儿女们一直在努力地计划怎样瞒她,却不知道,母亲为了给他们短暂的希望,不惜额外承受一份身体的苦痛和折磨。

十天后,她在儿女的注视下被推上了手术台。

手术很顺利,但已毫无意义。转回病房的一个月里,每次去查房,我都会看到她的儿女在那里无微不至地照顾她。这个在女儿口中一辈子都不愿麻烦人的女人,在最后的时间里,尽情地麻烦着她的孩子们,耍小脾气,要求他们帮她翻身,给她唱歌、读报纸、做各种饭菜……背着孩子,她偷偷对我说:"让他们尽心尽力吧,这样,以后我不在了,他们会因为这些付出而得到安慰,就不会太痛苦了。"

半年后,她去世了。她的儿女没有太过悲伤,如她所说,他们付出了能够付出的一切,在母亲最后的时间里,用尽力气去爱了一场,虽然母亲的离开依然让他们难过,但他们已经没有遗憾——因为尽力了。

在对母爱的诸多诠释中,她的表达方式让我震撼。那是她生命凋零之前的最后一次盛开,以母亲的名义,开得那样饱满、绚烂。

请用我的眼睛看他一眼

苗 洁

一连几天,少年发觉,有一个穿黑色风衣的神秘男人总是与自己"邂逅"。男人远远地望着少年,目光深沉而怜惜。少年心里起了极大的疑问,他忐忑不安,决定向身边人求助。

少年一岁半时,母亲离开了人世;父亲在外打工,对他的照顾鞭长莫及。思来想去,少年将这件事告诉了自己的班主任。

第二天,当男人又一次出现在少年身边时,班主任迎着男人走了过去,和男子交谈了几句后,两人一起走进了办公室,关上了门。

少年一直在外面等着谈话结果。两个小时后,办公室的门才打开。男人看见少年,冲他点点头,离去。少年更加不安,望着男人走远,他问班主任:"他要干什么?"班主任沉吟片刻:"他的孩子3岁时丢失,他以为你是,所以来查一查。"

班主任无法将真相告诉少年,因为刚刚在办公室里,男人给他讲了一个故事。

有一个男人,到城市打工时和一个女人相识,他们互生好感,结成夫妻。一年后,他们的儿子出生。男人将父母从老家接来带孩子,一家人其乐融融。不料孩子一岁半时,女人突然感到胸部疼痛,到医院检查,竟患了癌症。

女人的乳房被切去,丑陋的伤疤贯穿前胸。看病要花费大量的钱财,而花钱未必救得了命。一个月黑风高的秋夜,男人带着父母、孩子,抛下重病的妻子悄然离去,从此杳无音信。

人们都以为,女人将承受不了疾病与遗弃的双重打击,没想到,她竟然挺了过来。坚强的女人对父母和妹妹说:"我一定要治好病,然后去找儿子!"可是病魔无情，第九年，女人终于无法再坚持下去。

知道自己来日无多，一向隐忍的女人向父母、妹妹提出请求，请他们帮忙找儿子，她要看一眼自己的亲生骨肉。尽管难度极大，亲人们还是全力以赴。他们千方百计打听孩子的下落，还向电视台求助。电视台的工作人员听了这个故事后无不动容，决定帮女人实现人生最后的心愿。

不久，节目组有了孩子的消息。这时，虚弱的女人已无法成行，只好由她的妹妹携带着她在病床上的录像去接孩子。然而，转天去接孩子时，却已是人去房空。像九年前一样决绝而无情，孩子的爷爷奶奶带着孩子又玩起了失踪。

无功而返的人们以为女人会痛不欲生、大放悲声，可她只是低着头平静地说了声"谢谢"。大家安慰女人："以后……还有机会。"女人心酸地一笑，背过脸去。从她瘦骨嶙峋、不停耸动的双肩上，所有人读到的是极度的绝望与哀痛。

几天后，女人离开了人世。她留下遗言，将自己的眼角膜捐给需要的人。她说："我就一个要求，让那个受捐者替我看看我的孩子。"于是，有了开头的那一幕。

这个故事，让班主任眼眶湿润。不过，他请求男人不要将真相告诉少年。他说："我学生的爷爷奶奶极疼孙子，他的父亲在外打工也是为了更好地养育儿子。他们所做的一切，都是为了孩子。遗弃患绝症的女人，的确应该受到最严厉的谴责，甚至是法律的惩处。但是，一切都已发生，一切都已过去，现在将曾经的丑恶与绝情告知无辜的学生，只能使他痛苦迷茫。所以，为了他的成长，让我们共同保守这个秘密吧。"男人接受了班主任的建议。

班主任将这个故事深埋心底，但他能够感知，少年，从此有了心事。

妈妈的礼物

舒 乙

这里说的礼物,是说专门当作礼品送过来的东西,这种送礼很有仪式感和庄重性,不是平常过日子给的,诸如买些花生瓜子之类的,或者买件衣服添双鞋之类的。满族人有送礼的习惯,人们常说:旗人礼多,这是确实的。过去逢年过节,办喜事,旗人都讲究送礼。礼物可能很小,不值钱,一个点心匣子呀,一个小盒粉呀,总得有,不能空手。但是,家人之间,倒并不太在意,特别是长辈和晚辈之间,常有忽略的时候。看《红楼梦》,林黛玉、贾宝玉倒是频频收到老太太的礼物,看着挺让人眼馋的,从而知道那时候在有钱人那里礼节是挺多的。外国人是重视家人之间彼此送礼的,特别是在圣诞节,很讲究,很普遍,不分穷富,是重要的习俗。

我的母亲和父亲,既是满族人,又是在洋学堂里上过学的,可能两方面都有影响,依然保持着家人之间送礼的习惯,尤以父亲为甚。母亲只是在特别隆重的日子才送,正因为隆重,所以也就记得清楚,终生难忘。

我留苏回来那年,二十四岁,正式参加工作了。有一回,星期天,和母亲去逛东安市场。我家离东安市场很近,只隔一站路,走到一个小珠宝店前,她走了进去,我以为她要买首饰之类的东西,便陪她走了进去。她站在一个平柜面前,指着一个摆放着小玉器的平板格子说:"你挑一件吧。"我很吃惊,完全没有心理准备。

"挑什么?"

"挑一件玉佩吧。"

"哪样的？"

"挂在身上的。"

"干吗？"

"保平安，避邪。"

我完全懵住了，因为在那个年代，20世纪50年代末，完全没有人戴玉了。女性不戴玉镯，男人不挂玉佩，甚至连结婚戒指也没什么人敢戴。整个珠宝行业一派萧条。对母亲的建议我很感动，激动得说不出话来。老派的非常讲礼貌的店员也被我们母子二人的亲情所感动，殷勤地帮助推荐花色。最后由母亲做主，挑了一块略带黄色的小玉佩，是挂在腰上的，给了我。

我没有问母亲送我玉佩的缘由，但是我由她的眼神里猜到了她的用意：一是祝贺我留学归来，学有所成，当了工程师；二是在某种意义上替我行成人礼。五年不见，我已长成大人，成了大小伙子，个子比她还高，虽然很瘦，但已属于"帅哥"。显然，对我的成长她很自豪，也是在替她自己得意和高兴吧。

这块玉，我始终没有佩戴过。可是我很珍惜它，当作宝贝锁在柜子里。可惜，"文革"时失落了。在我的脑海里，不论何时，永远保留着它的影子，因为这是妈妈的礼物，是她亲手替我置办的一件厚礼，在我生命的一个重要关头，仿佛是我的一个生命里程碑。

两年后，我在北京结婚。父亲送给我的礼物是他亲手在红纸上写的一幅字，八个大字：勤俭持家，健康是福。而母亲的礼物是一个大衣柜和四个木质小方凳。就这么简单。

转眼到了1992年，我已经五十七岁。我们由四合院搬进了楼房。我和母亲住在一起，在同一层，分两个单元。那年的8月16日，是星期天，我正在案头写作。母亲悄悄地走进我的单元，笑眯眯地举着一个纸卷，说是送给我的生日礼物。打开一看，不得了，画了一窝猪！

我仔细数了数，一张小画，居然画了二十二头猪：两头老母猪，带着二十头小猪。白猪、黑猪各九头，花猪四头。

画上的题字是："猪圈多产丰收年，乙儿五十又七诞辰，老母絜青喜戏而作，时九二年八月十六日"，上盖"絜青老人"、"九十年代"和"双柿斋"三方印章。

这张画是我的宝贝，托裱后现在常年挂在我的书桌右上方，我抬头就能看见它。每当客人来访，我都会让客人走近观看。我特别得意，因为每一位观看的朋友都会发出爽朗的笑声，无一例外，而且往往要说一句：老太太真好玩！

那一年老太太八十七岁，她大我整整三十岁。

母亲给了我生命，儿子的生日是母亲的受难日。按理，儿子在生日那天要先向母亲行礼，请她喝点酒，吃顿好饭，热闹一番，表示感谢养育之恩。母亲却先想到，还特地画了画。我生于乙亥年，属猪，她便画了一窝猪，憨态可掬，特可爱，还亲自举着送来。

这就是母亲。

母亲生了你，养育了你，教育了你，不论你多大，她都想着你，注视着你，默默地关心着你，疼爱着你，为你祝福，为你祈祷。

因为你是她的孩子。

不死不休的爱

赏 荷

为"星星的孩子"造一根远行的拐杖

2002年10月,看着粉嫩粉嫩的儿子,胡敏的心如鲜花在盛开,反复地说着:"你的名字就叫郝执一。"

时年二十八岁的胡敏是四川泸州人,自小父母离异。高中毕业后,胡敏进入泸州化工学院读书。在那里,她与来自四川眉山的郝义忠相识、相爱。

1995年,胡敏与郝义忠登记结婚。2002年,寄托了胡敏无限爱与希望的儿子降生了。2004年,成人高考只剩下最后三门课没过的胡敏边工作、边备考时,出现了头疼、流鼻血的症状。郝义忠带她去医院检查,诊断结果——三期鼻咽癌,而且癌细胞已转移到颈部淋巴。

回到家,胡敏抱着一岁多的儿子流了一整夜的眼泪。第二天,胡敏住进了医院。胡敏在心头反复默念的是:自己从小没有享受到母爱,一定不能让不幸再降临到儿子身上。

这次住院耗费了三个多月的时间。经历过手术、放化疗,从一百一十多斤瘦成七十多斤的胡敏被丈夫抱回了家。主治医生告诉郝义忠,胡敏的病情并不乐观,剩余的日子不多了。

住院花光了夫妻俩所有的积蓄,还欠了不少外债。偏偏胡敏工作的化工厂的效益又日渐下滑,几个月发不出工资。在家休养了一段时间后,胡敏做出了一个决绝的安排:独自去上海打工。走前,她含泪告诉丈夫:"照顾好儿子,我不想让你们的生活那么苦、那么累。"

凭借着良好的沟通能力，胡敏很快找到了一份酒店大堂经理的工作。她隐瞒病情，像正常人一样从早上9点干到晚上7点。每月发下工资，扣除药费后，她把剩余部分悉数寄回家里。胡敏告诉自己，大家终将要适应没有她的生活，尽己所能为家人减轻一些生活压力后，就静静地离开。

2006年年初，郝义忠打电话让胡敏回家。原来，在胡敏离家后不久，儿子郝执一就不太对劲，自说自话，经常无缘无故地突然大喊大叫，在幼儿园因为打小朋友被老师关在厕所里。

胡敏心急如焚地赶回眉山。走进家门，看到虎头虎脑的儿子，胡敏激动地把孩子抱在怀里亲了又亲，可孩子却毫无反应，只是面无表情地玩着自己的玩具。胡敏提高嗓门说："郝执一，妈妈回来了！"没想到孩子像受惊的小鹿一样，跑到沙发上蜷缩起来，双手捂住耳朵。

胡敏的心顿时被不祥的预感揪得紧紧的。第二天，她和丈夫带着儿子到当地人民医院检查，结果令人痛心：自闭症！亲戚朋友得知消息后，纷纷劝胡敏：你只剩半条命，孩子的病又没有希望治好，不如把孩子送到福利院……

晚上，胡敏给最疼爱自己的奶奶打了个电话。清晨，她一头扎进了城外冰冷的河水里……

不知过了多久，胡敏醒来，已躺在自家的床上。原来郝义忠一直留意着她，她刚投河，郝义忠马上跳进去救起了她。

"我做错了什么？老天要这样惩罚我！"胡敏哭得撕心裂肺。郝义忠牵过儿子，大手抓着小手给胡敏擦眼泪。一遍一遍，胡敏苦涩的心被这只小手揉得暖暖的：这是我的儿子呀！

痛定思痛，胡敏觉得自己所能做的就是与病魔抗争，同时，只争朝夕，给儿子漫长而注定艰难的人生造一根可以稍稍依靠的拐杖——这将是她继续活下去的理由。

生命化作微光照进你的孤寂

死过一次的胡敏又活了过来，而心一旦认准了方向，便不再累。

为了节约开支，她省去了大部分药物。此时，因为手术的影响和放化疗的副作用，胡敏常年低烧、低血糖、低血压，味蕾没有任何感觉，只能凭着本能和意志吞咽食物。生存对她来说异常辛苦，可既然选择了守护儿子，无论如何都要咬牙坚持。

胡敏和丈夫开始带着儿子四处治疗。听说自闭症孩子通常大脑前庭发育不好，而成都一个机构的"感统训练"对促进大脑前庭发育非常有用后，胡敏向朋友借钱，带着儿子过去学习，但训练一次就要一百元。

胡敏急中生智，买来一条围巾，用来在器械上丈量长度，又通过自己的身高丈量高度。

胡敏和郝义忠拿着"偷来"的数据，在家里为儿子制造训练器材。买不到训练平衡能力的转桶，胡敏就找来碾米用的大漏斗，儿子坐在中间，自己反复推送，让漏斗载着儿子旋转；买不起秋千，夫妻俩因地制宜，在餐厅里装上木横梁，用两根长绳索穿过横梁做成秋千。

从郝执一四岁开始，胡敏每天下午都在家给他做这些训练，然后教他刷牙、穿衣、洗脸等生活基本技能。

除了身体训练，每天上午九点到十一点，是雷打不动的文化课训练时间。因为有自闭症的孩子对外界没有反应，只得靠成千上万次的重复来让他记住。

为了增加郝执一的生活常识，胡敏买菜都把郝执一带在身边。看到白菜，她就告诉儿子："郝执一，这是白菜。"郝执一就会重复。胡敏又大声说道："白菜又青又白，是吃的。"郝执一却不愿重复，当胡敏又强调一遍时，他不耐烦地打胡敏；被胡敏呵斥，他就把大拇指放进嘴里狠狠地咬。胡敏连忙安慰他："执一乖，不咬自己，咬妈妈！"郝执一松开自己的手指，把妈妈的手指咬得紧紧的，不一会儿就是一排血印。

比伤害自己更可怕的是，郝执一还打人。每次带他外出，胡敏的精神都是十二分的紧张。虽然每每筋疲力尽到近乎虚脱，可让郝执一走进人群是让他走出自闭的必经途径。

胡敏每天最幸福的时刻是在清晨，当她因为病痛无法起床时，郝执一就来找妈妈，然后亲亲她的脸颊，奶声奶气地说："小羊怎么叫？咩咩……小牛怎么叫？哞哞……"

这特殊的问候让胡敏的心重新充满了力量。

母亲的背是最安稳的床

母爱不死不休

胡敏为儿子保驾护航的信念是如此强烈，2009年，她跨过了医生所说的存活最长五年的期限。

在胡敏殚精竭虑的教导下，7岁时，郝执一终于能一笔一画地写出自己的名字，并且能听从胡敏简单的指令了。可在这时，另一个更大的问题摆在了胡敏面前：郝执一如何读书？

在胡敏为郝执一进学校而苦恼的同时，胡敏疲惫的身体出现了新症状：头晕、耳鸣、眼睛无法正确对焦——原来，癌细胞已经转移到大脑，压迫了神经。她明白，为儿子出力的时日不多了。

从那之后，胡敏忍着病痛，一边给郝执一教各种歌曲、给他看更多的光碟，一边向教委求助，希望能给郝执一提供一个上学的机会。

胡敏的坚韧和执着感动了许多人，最终，眉山市的邓庙小学同意接收郝执一，并且答应将校内的两间宿舍给胡敏夫妇住，方便他们照顾郝执一。

2012年3月，胡敏带着郝执一走进了教室——郝执一成为我国第一个进入普通学校读书的自闭症患者。

上学伊始，郝执一在课堂上喜欢尖叫甚至推人，胡敏就搬一把椅子坐在儿子身后，手上拿着一根腰带，每当郝执一想调皮时，胡敏就扬起手中的腰带在他面前摇晃，郝执一只得乖乖地坐好。而为了鼓励班上的孩子多与郝执一接触，胡敏偷偷地给小朋友们买零食，以此来吸引孩子们走近郝执一。

慢慢地，郝执一终于能在教室安静地坐上四十五分钟，然后，中午自己从学校打饭回家来吃，吃完饭还会自己洗碗。而在邓庙小学孩子们的心目中，郝执一也不再是个特殊的小孩儿，他们约他一起做游戏，即使偶尔被郝执一控制不住情绪伸手打了，大家也不去计较。这种和睦的氛围让郝执一发怒、打人、自言自语等自闭症症状有了很大的缓解。看着与小朋友一起嬉闹的儿子，胡敏悬着的心终于慢慢放下了。

2012年6月1日，胡敏带郝执一到成都动物园游玩时，因体力不支晕倒在地。被送到医院后，医生告诉她，癌细胞在大脑生长，压迫血管导致了昏迷……她可以选择开颅手术进行治疗。考虑到家里的经济状况，胡敏拒绝了，仅开了一些抑制癌细胞生长的药。因为虚弱，六月天，她得盖三床棉被、一床毛毯，才能感觉到一点温暖。

生命似乎在一点点流失，胡敏有不舍，却不再似得病之初那样绝望和悲伤。对于儿子，胡敏内心也会涌起感激：正是因为他的存在，激发出她生命的潜力，这种母子情缘虽然异常辛苦，但何尝不美好？

当母爱没有名字时

陈文茜

我一直不明白,这样的人为何会闯入我的生命,带给我如此巨大的痛苦,直至母亲节。

2012年的母亲节,我人生中第一回含着泪,双臂紧抱年已八十的母亲,也是人生中第一回,轻声告诉她:"妈妈,谢谢你,我好爱你。"

一段迟来整整三十七年的话语!

我和母亲一直缘分很淡。出生不过七个月,母亲就把我交给外婆。从此,我一面是备受外婆溺爱的孩子,一面是内心孤独,没有父亲也没有母亲的幼儿。

小学五年级时,老师要我们写作文,题目是"我的爸爸与妈妈"。父母在我的人生中一片空白,我既无法倾诉,也无能歌颂,于是写下一篇奇特的文字:"我的爸爸是可乐,我的妈妈是巧克力。巧克力含进嘴里,化在心里,它是世界上最浓郁的母爱,温暖每一个游子的心。可乐在你颓丧时,给你无限的勇气与助力,帮助人生坚强寻梦……我的爸爸与妈妈,是世界上最了不起的父母。差别是,别人的爸妈会给他们钱,而我的爸妈,花钱才能买到他们。"

是的,我的童年好似没有匮乏,又好似始终有缺陷,直至十七岁。

十七岁时,我的外婆离开人世。那一年我回到妈妈的家,无论天空星辉斑斓还是暴雨狂倾,夜里总躲在被窝里大哭。当年电影主题曲《你知道你要到哪里吗》正流行,台北满街放着这首歌,走在街上的我,总是一边听,一边哭。

妈妈与外婆教育孩子的方式完全不同。妈妈相信斯巴达式管教,对我的我行我素,特别看不顺眼。我十七岁时,母亲已是一名成功的职业妇女,但一位单亲母亲，不论外表多么美丽，工作多么有成就，压力仍时时相伴。于是一个从小没挨过骂的孩子，天天挨骂；一个从小没做过家务的小孩，天天被要求洗碗、晒衣服。我的内心感受很简单，我只是这个家庭"2 + 1"的小孩，一名闯入者。从那时起，我的灵魂由幼稚变苍老，我开始理解世间情感不是天然而生，它需要一点一滴的累积，一点一滴的回忆。

而我与美丽的母亲之间，回忆是空白，情感是歉疚，付出是责任，一切都是不得已。

回家半年之后，我写了一封信给妈妈："外婆已死，我没有其他地方可去。妈妈，我能理解你的心情，突然接受一名十七岁的孩子，的确是困难的事，何况你只喜欢乖顺的女儿。我可以理解你的难处，但能不能容许我在你家住到念大学，再过两年，我会悄悄离开，不再打扰贵府。"

妈妈看了我的信，哭着向我忏悔，直说对不起。她工作压力大，弟弟妹妹的功课不如我，因此才把许多压力施加给我。

母亲与我的争吵并未因此结束，三十年来总是以不同的方式登场，以不同的方式结束。我理性上感谢她收容我并对我负起养育的责任，但心里那个"2 + 1"从未于脑海中离去。

即使到了三十岁，去美国读书时放暑假回来，也是来匆匆，去匆匆。我从不打开行李，我判断母亲对我待在家中的容忍度不会超过三天，但我拿她的钱读书，有义务挨她的管教责骂。于是我总是数馒头般算着日子，一天，两天，三天，好了，她果然如期爆炸了，我便提起完好如初的行李，住进早就约好的朋友家。

母亲在我心中虽不够爱我，却是我的人生典范。早在三四十年前，她就已在台北金融圈赫赫有名。除了外表非常美丽之外，她的心灵也很美。她爱帮助人，许多人都曾对我竖起大拇指，称赞母亲的品格与善心助人。在尔虞我诈的金融圈里，母亲的成就，不是来自奸诈钻营，相反地乃因诚实与不贪。台北的几名大户都放心地把大笔资金交给母亲保管，因为她从不对外宣告谁买进了多少股，也不会把客户买进后涨价的股票据为己有，虽然这在股市里很常见。由于诚实，也由于对金钱的品德，使母亲早在20世纪90年代就已成为月薪百万的成功女性。

我喜欢从远处欣赏母亲，欣赏她的娇媚美艳，欣赏她崇高的人格，欣赏她的正气廉洁，欣赏她的良善心软；但作为与我缘分极浅、性格强势的母亲，我对她始终敬而远之,也从未理解母亲对我的独特的爱。

犹记得十年前《联合报》制作"两代相对论",采访我和妈妈,她一如往昔做了美美的头发,端庄华丽地走入我家。我平时也没那么邋遢,当天却刻意光脚、散发,不着妆。她直言受不了我的奇装异服,我讥笑她至今还以为自己在小学当班长。访问的记者问:"你们会想住在同一个屋檐下吗?"妈妈正想开口说"想",我没给她机会,随即说:"不行,我们住在一起不是她上吊,就是我上吊,而且我判断她上吊的机会比较高,为了保护她的生命安全,我不能和她同住。"

旁人听到的是我的狡黠调皮,母亲心中则是掉着泪,而且是无言的泪。她始终保存着一份对我童年的亏欠,我不是不明白,但为了抗拒一个强势的母亲,或者保护我曾深受伤害的青春岁月,我总是状似刁钻、状似撒娇、状似任性。

直至母亲节那一天,她看我外表洒脱,但其实被前男友伤透了心,于是告诉我三年前的往事。

我的前男友经常情绪失控,遇到不如意,即口出恶言伤尽所有亲近的人。这对我不是新闻,而是日常生活中的点滴。过去我认为这是自己的错误选择,本该自己承担。我残忍地对待自己,至今也没有太大怨言,因为我相信这并非他的本意。他只是一个价值偏差且控制不了情绪的男人。

直至今年母亲节,妈妈告诉我,约莫三年前,他为自己家的某件伤心事号啕大哭,母亲正好在场。我的母亲是一位骄傲且自尊心极强的女人,她的儿媳、女婿只有讨好她的份儿,没人敢顶撞她。那一天,她看我的前男友如此伤心,虽然自己脊椎断了刚刚复原不久,竟以伏地爬楼的方式,爬上二楼敲对方的房门,轻声劝他别伤心。结果我的前男友,开门辱骂她后关上门。妈妈仍不放弃,再次规劝他,安慰他,他又开门吼叫一次,然后再摔门。妈妈当时脊椎已经非常酸痛,只好手抓着门把,半跪在门前仍继续安慰他,最终他开了门,对我母亲大喊:"滚蛋!"再关门的那一次,他不知我母亲已无力支撑,跌坐在地上。

母亲回忆往事,不为怨恨,她只是想告诉我,我和任何人在一起,她都祝福,只要是可以照顾我的人。当天,她三度被吼骂后,没有愤怒,只流下了眼泪。因为她曾幻想自己亲爱的女儿,小时没有妈妈照顾,老来会有人照顾。而那一段不断关门吼叫的过程,让她深悟,她的女儿不会有她妄想的依靠。如果对待长辈尚且如此,可以想象私下里女儿的处境。

于是当我离开前男友时,我母亲只要我给对方祝福,然后平平安安地过日子。一句结语:"忘了他,离开他,你会更幸福。"

五个月后,外界告知我他已有了新女友,妈妈的反应正如我一生对她的尊敬:"这样最好,我们家过去帮过他,从此对他更是一无亏欠。"

我听完妈妈的叙述,内心惭愧不已。我常常忘了真正深爱我的是我最亲近的家人。他们在我的朋友需要帮忙时伸出援手,而我却把这一切当成理所当然。我顾及外人的自尊,却任由母亲的尊严被他人践踏。

我问妈妈为何不早一点告诉我,母亲说她仍有幻想,但也很矛盾。她承认,这若是她的儿媳或女婿,她可能从此不让对方进家门。但这是我选的男友,她之所以特别疼爱他,不为别的原因,只因怕我老来孤单,没人照顾。她想把从小亏欠的女儿,托付给一位可以照顾她的人,这样她才能放心地离开人间。

母亲说完往事,我和她先是对望,接着泪流满面,内心既震惊,更愧疚。我那位看似骄傲、强势、以自我为中心的母亲,原来一直对我隐藏着这么深的母爱。为了我,她忍下人生不可忍之辱;为了我,她把自己摔在角落,只为成全一段不需要成全的情感。

于是今年母亲节,我今生第一次丢掉"2 + 1"的心结,惭愧而激动地拥抱了妈妈。我亲爱的妈妈年已八十,虽然外表不复当年之美,内心却始终那么美。说完故事,她叮咛我:"不要怨他,一切已过去。以后我们母女扶持,妈妈虽然患癌,但为了你,我会好好活下去。"

看遍世态,尝尽爱情,我人生的旅途终于回到了原点,回到我生命最早出发的地方。

这才是所有故事的终点。

母亲的背是最安稳的床

妈妈很早就醒了

小 桔

我上床的时候是晚上十一点，窗户外面下着小雪。我缩到被子里面，拿起闹钟，发现闹钟停了——我忘买电池了。天这么冷，我不愿意再起来，就给妈妈打了个长途电话：

"妈，我的闹钟没电池了，明天还要去公司开会，要赶早，你六点的时候给我打个电话叫我起床吧。"妈妈在那头的声音有点哑，可能已经睡了，她说："好，乖。"

电话响的时候我在做一个美梦，外面的天黑黑的。妈妈在那边说："小桔，你快起床，今天要开会的。"我抬手看表，才五点四十分。我不耐烦地叫起来："我不是叫你六点叫我吗？我还想多睡一会儿呢，被你搅了！"妈妈在那头突然不说话了，我挂了电话。

起来梳洗好，出门。天气真冷啊，漫天的雪，天地间茫茫一片。在公车站台上，我不停地跺着脚。周围黑漆漆的，我旁边却站着两个白发苍苍的老人。我听着老先生对老太太说："你看你一晚都没有睡好，早几个小时就开始催我了，现在等这么久。"

是啊，第一趟班车还要五分钟才来呢。终于，车来了，我上了车。开车的是一个很年轻的小伙子，他等我上车之后就轰轰地把车开走了。我说："喂，司机，下面还有两位老人呢。天气这么冷，人家等了很久，你怎么不等他们上车就开车？"

那个小伙子很神气地说："没关系的，那是我的爸爸妈妈！今天是我第一天开公交，他们是来看我的！"我突然就哭了。我看到爸爸发来的短消息："女儿，

妈妈说，是她不好，她一直没有睡好，很早就醒了，担心你会迟到。"

忽然想起一句犹太谚语：

父亲给儿子东西的时候，儿子笑了。

儿子给父亲东西的时候，父亲哭了。

生日里的康乃馨

朱晓军

有一次，我去沈阳出差，早晨，母亲用毛巾包着几个煮鸡蛋进来说："今天是你的生日，来，妈给你滚滚运。"我犹若回到童年，转过身去，让母亲给滚运。

小时候，不论家里多么窘迫，每当过生日的时候，母亲都要给我们煮一个红皮鸡蛋。然后，母亲手握温热的鸡蛋给我们滚运，让鸡蛋在我们的头顶、后背、四肢和手心统统滚一遍。母亲说，这是滚红运，滚过运之后，这一年也就顺畅了。少不谙事，母亲滚运时，我往往会感到不耐烦。母亲滚完运，把鸡蛋交给我时，我急忙磕破，剥皮，吃掉，似乎滚运是母亲的事，鸡蛋是属于我的。

鸡蛋从我白发斑驳的头顶缓缓滚下时，突然一股暖流流过我的后颈、脊背，又流上肩膀、手臂……我想回头看看，瘦小的母亲已年过古稀，背驼了，腿弯了，是怎样够到我的头顶，又怎样让鸡蛋有力地在我的躯体上滚动的。我想弯一下腰，让母亲不那么吃力，可是不能弯下，站着滚运不仅流畅，而且如同奔流的江水一泻千里。我知道，只有昂首挺胸地站着才不辜负母亲的这份厚爱。

母亲滚得十分认真细致，生怕有疏漏。她那双像丝绸般柔软而细腻的手已变得枯枝似的僵硬粗糙，可在滚运的那一刻却遒劲有力。母爱是纯粹的、执着的、坚定的，像脐带里的热血在我的脉管里流淌着，汇向心脏。我两眼蒙蒙，泪盈满眶。我不相信滚过运后会走红运，我想母亲也不会相信。她出生于大户人家，外祖父是清朝的二品官。母亲有文化，当过妇产科医生，她那双手不知将多少生命迎接到这个世界。母亲坚持数十年给我们滚运，那是坚持着那种母亲特有的祝福。

又逢生日时，我在距母亲五百多公里的哈尔滨。早起，我看着餐桌上的一盘鸡蛋，不由得站了起来，一股暖流在血液中涌动，似乎母亲就站在我的身后，踮着脚在给我滚运。暖流顺着我的头顶流向身体，流到四肢。我突然想到，四十八年了，每逢生日母亲都想着给我煮鸡蛋和滚运，我怎么就没想到表达我对母亲的感恩呢？我想送给母亲一个礼物，感谢母亲在四十八年前的这一天，冒着生命危险把我带到这个世上，感谢四十八年来母亲给我的呵护和祝福。

我拨通了沈阳一位朋友的电话，恳请他帮我买一束康乃馨，给母亲送去。

傍晚，朋友打电话说，母亲接到鲜花时目光流泻着幸福，欢喜得像个孩子。母亲说，这是她这辈子收到的第一束鲜花。这一年母亲已七十九岁了。为什么我早没想到给母亲送花？原来，让母亲欢喜和幸福是这么简单。

母亲的鼾歌

从维熙

母亲的鼾歌,对我这个年过五十的儿子来说,仍然是一支催眠曲。

在我的记忆里,她的鼾声是一支生活的晴雨表。那个年月,我从晋阳劳改队回来,和母亲、儿子躺在那张吱呀作响的旧床板上,她没有打过鼾。她睡得很轻,面对着我侧身躺着,仿佛一夜连身也不翻一下,唯恐把床弄出声响,惊扰我这个远方游子的睡梦。夜间,我偶然醒来,常常看见母亲在睁着眼睛望着我,她可能是凝视我眼角上又加深了的鱼尾纹吧!

"妈妈,您怎么还没睡?"

"我都睡了一觉了。"她总是千篇一律地回答。

我把身子翻转过去,把脊背甩给了她。当我再次醒来,像向日葵寻找阳光那样,在月光下扭头打量母亲布满皱纹的脸庞时,她还在睁着酸涩的眼睛。

"妈妈,您……"

"我刚刚睡醒。"她不承认她没有睡觉。

我心里清楚,在我背向她的时候,母亲那双枯干无神的眼睛,或许在凝视儿子黑发中间钻出来的白发,一根、两根……

我真无法计数,一个历经苦难的普通中国女性,她躯体内究竟蕴藏着多少力量。年轻时,爸爸被国民党追捕,肺病复发,在悲愤中离世,她带着年仅四岁的我,开始了女人最不幸的生活。我没有看见过她的眼泪,却听到过她在我耳畔唱的摇篮曲:

狼来了,

母亲的背是最安稳的床

虎来了,

马猴背着鼓来了!

风摇晃着冀东平原上的小屋,树梢像童话中的怪老人,发出尖厉而又显得十分悠远的声响。我在这古老的童谣中闭合了眼帘,到童年的梦境中遨游:

骑竹马,

摘野花,

放鞭炮,

过家家。

……

她呢?我的妈妈!也许只有我在梦中憩息的时刻,她才守着火炭早已熄灭的冷火盆独自神伤吧?!

我不是一个听话的孩子。下河洗澡,摔跤"打仗"……干的都是一件件让母亲忧心的事情。为了给"野马"拴上笼头,更为了让我上学求知,当我十几岁时,一辆马车把我送到了唐山——我平生第一次坐上了火车,从唐山来到了北平。母亲像影子一样跟随我来了。为了交付学费,她卖掉了婚嫁时的首饰,在内务部街二中斜对过的一家富户当洗衣做饭的保姆。当我穿着带有二中领章的干净制服,坐在课堂上学习的时候,同学们不知道,我的母亲此时此刻正汗流浃背地为太太小姐们洗脏衣裳呢!母亲也想不到,她靠汗水供养的儿子,并不是个好学生——他辜负了母亲的含辛茹苦,因为在代数课上常常偷看小说,考试得过"鸡蛋"。在学校布告栏上,寥寥几个因一门理科考试不及格而留级的学生中,他就是其中一个。我不是为苦命的妈妈解忧,而是增加她额头上的皱纹。

她没有为此垂泪,也没有过多地谴责我,只是感叹父亲去世太早,她把明明属于儿子的过失,又背在自己的肩上:"怨我没有文化,大字识不了几个;你爸爸当年考北洋工学院考了个第一,如果他还活在人间的话,你……"啊!妈妈,当我今天回忆起这些话时,我的眼圈立刻潮湿了——我给您苦涩的心田里,又增加了多少辛酸啊!

可是母亲一如既往,洗衣、做饭、刷碟、扫地……两只幼时就缠了足的脚,支撑着苦难的重压,在命运的羊肠小路上,默默地走着她无尽的长途。星期六的晚上,我照例离开二中宿舍,和她在一起度周末,母子俩挤在厨房间的一张小床上安息。记得那时,她从不打鼾,我还在幽暗的灯光下看小说,她就睡着了。母亲呼吸匀称,面孔恬淡安详……

北京解放那年,那家阔佬带着家眷去了台湾。母亲和我从北京来到通县(当时我叔叔在通县教书),怎奈婶婶不能容纳我母亲,在一个飘着零星小雪的冬晨,她独自返回冀东老家去了。

十六岁的我,送母亲到十字街头。在这离别的一瞬间,我第一次感到母亲的可贵,第一次意识到她的重量。我不舍地拉着她的衣袖说:

"妈妈!您……"

"甭为我担心。"她用手抚去飘落在我头上的雪花,"你要好好用功,像你爸爸那样。"

"嗯。"我垂下头来。

"快回去吧!你们该上第一堂课了!"

"不,我再送您一程!"我仰起头来。

她用手掌抹去我眼窝上的泪痕,又系上我的棉袄领扣,叮咛我说:"逢年过节,回村里去看看妈就行了。妈生平相信一句话,没有蹚不过去的河!"

我固执地要送她到公共汽车站。

她执意要我马上回到学校课堂。

我服从了。但我三步一回头,两步一张望,直到母亲的身影湮没在茫茫的雾幕之中,我才突然像失掉了什么最珍贵的东西一样,返身向公共汽车站疯了似的追去。

车,开了,轮子下扬起一道雪尘。

从这天起,我好像一下子变得成熟了。

我发奋地读书,我如饥似渴地学习知识——当我在1950年秋天背着行囊离开古老的通州城,到北京师范学校报到后马上给她寄了一封信。第一个寒假,我就迫不及待地回故乡去探望母亲。

踏过儿时嬉闹的村南小河的渡石,穿过儿时摇头晃脑背诵过"人、手、口、刀、牛、羊"的大庙改成的学堂,在石墙围起的一个院落的东厢房里,我看见了阔别两年多的母亲。

我仔细凝视我的母亲,她比前两年显得更健壮了。故乡的风,故乡的水,抚去她眼角的细碎皱纹，洗净了她寄人篱下为炊时脸上的烟尘。

夜更深，油灯亮着豆粒大的火苗，我和母亲躺在滚烫的热炕上，说着母子连心的话儿：

"妈妈，我让您受苦了。"这句早该说的话，说得太晚了。

"没有又留级吧？"显然，我留了一级的事情，给她心灵上留下了伤疤。

"不但没有留级，我还在报纸上发表文章了呢！"我从草黄色的破旧背包里，拿出刊登我处女作的《光明日报》，递给了她。

至今我都记得母亲当时的激动神色。她把油灯挑亮了一些，从炕上半坐起身子，神往地凝视着那些密密麻麻的铅字。

"妈妈！您把报纸拿倒了。"

她笑了。

在我的记忆中，这是我第一次看见她欣慰的微笑。这笑容不是保姆应酬主人的微笑，也不是为了使儿子高兴强做出来的微笑，而是从她心底漾起的笑波，浮上了母亲的嘴角眉梢。

她是带着微笑睡去的。不知为什么，我心里却充满了酸楚之感，特别是在静夜里，我听见她轻轻的鼾声，我无声地哭了。可是当我第二天早晨，问妈妈为什么打鼾时，她回答我说："我打鼾不是由于劳累，而是因为心安了！"

从师范学校毕业之后，我被分配到《北京日报》当了记者、编辑。第一件事，我就把母亲从故乡接进北京。果真像她说的那样，由于心神安定，她几乎夜夜都发出微微的鼾声。

只可惜好景不长。1957年后我便难以听到她的鼾声了。我和我爱人踏上了风雪凄迷的漫漫驿路，家里只剩下她和我那个刚刚落生的儿子。她的苦难重新开始，像孑然一身抚养我一样，抚养她的孙子。"文革"期间，我偶然得以从劳改队回来探亲，母亲再也不打鼾了，她像哺乳幼雏的一只老鸟，警觉地环顾着四周，即使是夜里，她也好像彻夜地睁着眼睛。

挂上牌子去串巷扫街。

拐着两只小脚去挖防空洞。

她苍老了，白发披头，衣衫褴褛。但她用心血抚养的第三代却是个衣衫整洁、品学兼优的挺拔少年。

"妈妈,"在夜深人静时,我悄悄地说,"我怕您……怕您……支撑不住……"

"没有蹚不过去的河。"她还是这样回答。

"您把我拉扯大了,又拉扯孙子……"

"只要你在井下(当时我在山西一个劳改矿山挖煤)能平平安安,家里的事你就不用操心了。"

母亲确实坚强得出奇。有时我要替她去扫街,她总是从我手里抢过扫帚,亲自去干扫街的活儿。她的腰弓得很低很低,侧面看去就像一个大大的问号。那样子像是在叩问大地,这种日子哪一天才能结束?!这污迹斑斑的路,哪儿才是它的尽头?!

1979年的元月,我终于回到了北京。如同鬼使神差一般,她从那一天起又开始打鼾了。我睡在上铺,静听着母亲在下铺打的鼾歌,内心翻江倒海,继而为之落泪。

说起来,也真令人费解,我怕听别人的鼾声,可母亲的鼾声对我却是催眠剂。尽管她的鼾声,和别人的没有任何差别,但我听起来却别有韵味:她的鼾声既是儿歌,也是一首迎接黎明的晨曲。她似乎在用饱经沧桑的人的鼾歌,赞美着这个来之不易的太平盛世……

永恒的母亲

三 毛

我的母亲——缪进兰女士,在十九岁高中毕业那一年,经过相亲,认识了我的父亲。那是发生在上海的事情。当时,中日战争已经开始了。

在一种半文明式的交往下,隔了一年,也就是在母亲二十岁的时候,她放弃了进入沪江大学新闻系就读的机会,嫁给父亲,成为一个妇人。

婚前的母亲是一个受着所谓"洋学堂"教育长大的当代女性。不但如此,因为她生性活泼好动,还是高中篮球校队的一员。嫁给父亲的第一年,父亲不甘生活在沦陷区里,于是暂时与怀着身孕的母亲分别,独自一人远走重庆,在大后方开展律师业务。那一年,父亲二十七岁。

等到姐姐在上海出生之后,外祖父母催促母亲到大后方去与父亲团聚。就在那个年纪,一个小妇人怀抱着初生的婴儿,离别了父母,也永远离开了那个做女儿的家。

母亲如何在战乱中带着不满周岁的姐姐由上海长途跋涉到重庆,永远是我们做孩子的百听不厌的故事。我们没有想到过当时母亲的心情以及毅力,只把这一段往事当成好听又刺激的冒险故事来对待。

等到母亲抵达重庆的时候,伯父伯母以及堂哥堂姐一家也搬来了。从那时候开始,母亲不但为人妻,为人母,也同时尝到了在一个复杂的大家庭中做人的滋味。

虽然母亲生活在一个没有婆婆的大家庭中,但因为伯母年长很多,"长嫂如母"这四个字,使得一个活泼而年轻的妇人,在长年累月的大家庭生活中,一点一滴地磨掉了她的性情和青春。

因为爱·母爱

记忆中,我们这个大家庭直到我念小学四年级时才分家。其实那也谈不上分家,祖宗的财产早已经流失。所谓分家,不过是我们离开了大伯父一家人,搬到一幢极小的日式房子里去罢了。

那个新家,只有一张竹做的桌子,几把竹板凳,一张竹做的大床,那就是一切了。还记得搬家的那一日,母亲吩咐我们几个孩子各自背上书包,父亲租来一辆板车,放上了我们全家人有限的衣物和棉被,母亲一手抱着小弟,一手帮父亲推车。母亲临走时向大伯母微微弯腰,轻声说:"缠阮,那我们走了。"

记忆中,我们全家人第一次围坐在竹桌子四周开始在新家吃饭时,母亲的眼神里,多出了那么一丝亮光。虽然吃的只是一锅清水煮面条,但母亲那份说不出的欢喜,即使作为一个很小的孩子,也分享到了。

童年时代,很少看见母亲在大家庭里有什么表情。她的脸色一向安详,但在那安详的背后,总有一种巨大的茫然。即使母亲不说我也知道,她是不快乐的。

父亲一向是个自律很严的人。在他年轻的时候,我们小孩一直很尊敬他,甚至怕他。这和他的不苟言笑有着极大的关系。然而,父亲却是尽责的,他的慈爱并不明显,可是每当我们孩子打喷嚏,而父亲在另一个房间时,就会传来一句:"是谁?"只要那个孩子应了问话,父亲就会走过来,给一杯热水喝,然后叫我们都去加衣服。对于母亲,父亲亦是如此,淡淡的,不同她多讲什么,即使是母亲的生日,也没见他有过比较热烈的表示。但我明白,父亲和母亲是要好的,我们四个孩子,也是受疼爱的。

许多年过去了,我们四个孩子如同小树一般快速地成长着。在那一段日子里,母亲讲话的声音越来越高昂,好似她生命中的光和热,在那个时候才渐渐有了去处。

等我上了大学,对于母亲的存在以及价值,又开始重做评价。记得放学回家来,看见总是在厨房里的母亲,我突然脱口问道:"姆妈,你念过尼采没有?"母亲说没有。又问:"那叔本华、康德呢?还有黑格尔、笛卡儿……这些哲人你难道都不晓得?"母亲说不晓得。我呆看着她转身而去的背影,一时感慨不已,觉得母亲居然是这么一个没有学问的女人。我有些发怒,向她喊:"那你去读呀!"这句喊叫,被母亲的炒菜声挡掉了。我回到房间去放书,却听见母亲在叫:"吃饭了,今天都是你喜欢的菜。"

母亲的背是最安稳的床

又是很多年过去了,当我自己也成了家庭主妇,开始照着母亲的样式照顾丈夫时,握着那把锅铲,回想起青年时代自己对母亲的不敬,这才升起了补也补不回来的后悔和悲伤。

以前,母亲除了东南亚之外,没有去过其他国家。八年前,父亲和母亲排除万难,飞去欧洲探望外子与我的时候,是我的不孝,给了母亲一场心碎的旅行。外子的意外死亡,使得父亲、母亲一夜之间白了头发。更有讽刺意味的是,母女分别了十三年的那一个中秋节,我们却正在埋葬一个亲爱的家人。这万万不是存心伤害父母的行为,却使我今生今世一想起那父母的头发,就要泪湿满襟。

出国二十年后的今天,终于再度回到父母的身边。母亲老了,父亲老了,而我这个做孩子的,不但没有接下母亲的那把锅铲,反而因为杂事太多,间接地麻烦了母亲。虽然这么说,但我还是明白,我的归来对父母来说仍是极大的喜悦。也许,今生带给他们最多眼泪、最大快乐的孩子就是我了。

母亲的一生看起来平凡,但她是伟大的。在这四十多年与父亲结合的日子里,我从来没有看到一次她发怨气的样子。她是一个永远不生气的母亲,这不是因为她脆弱,相反的,这是她的坚强。四十多年来,母亲生活在"无我"的意识里,她就如一棵大树,在任何风雨里,护住父亲和我们四个孩子。她从来没有讲过一次爱父亲的话,可是,父亲推迟回家吃晚餐时间的时候,母亲总是叫我们孩子们先吃。而她自己硬是饿着,等待父亲归来。岁岁如是。

母亲的腿上,好似绑着一条无形的带子,那一条带子的长度,只够她在厨房和家中其他地方走来走去。大门虽然没有上锁,她心里的爱,却使她心甘情愿把自己锁了一辈子。

母亲总认为她爱父亲胜于父亲爱她。我甚至曾经在小时候听过一次母亲的叹息,她说:"你们的爸爸,是不够爱我的。"也许当时她把我当成一个小不点,才说了这句话。她万万不会想到,这句话,钉在我的心里半生,存在着拔不去那根钉子的痛。

那是九年前吧,小弟的终身大事终于在一场喜宴里完成了。那一天,父亲当着全部亲朋好友的面以主婚人的身份讲话。当全场安静下来的时候,父亲望着他最小的儿子——那个新郎,开始致辞。

父亲要说什么话,母亲事先并不知道。他娓娓动听地说了一番话,感谢亲戚和朋友莅临儿子的婚礼。最后，他又话锋一转说道："我同时要深深感谢我的妻子，如果不是她，我不能够得到这四个诚诚恳恳、正正当当的孩子；如果不是她，我不能够拥有一个美满的家庭……"

当父亲说到这里时，母亲的眼泪夺眶而出，她站在众人面前，任凭泪水奔流。那时，在场的人全都湿着眼睛，站起来为他的讲话鼓掌。我相信，母亲一生的辛劳和付出，终于在父亲对她的肯定里，得到了全部的回报。我猜想在那一刻里，母亲再也没有了爱情的遗憾。而父亲，这个不善表达的人，在一场小儿子的婚礼上，讲尽了他一生所不说的家庭之爱。

这几天，每当我匆匆忙忙由外面赶回家吃晚餐时，总是望着母亲那拿了一辈子锅铲的手发呆。就是这一双手，把我们这个家管了起来。就是那条围裙，系上又放下，没有缺过我们一顿饭菜。就是这一个看上去年华渐逝的妇人，将她的一生一世，毫无怨言、更不求任何回报地交给了父亲和我们这些孩子。

这样来描写我的母亲是万万不够的。母亲在我的心目中，是一位真真实实的守望天使，我只能描述她小小的一部分。

回想到一生对于母亲的愧疚和爱，回想到当年念大学时看不起母亲不懂哲学书籍的罪过，我恨不能就此在她面前向她请求宽恕。可我想对她说的话，总是卡在喉咙里讲不出来。想做一些具体的事情回报她，又不知做什么才好。今生唯一的孝顺，好似只有努力加餐来讨得母亲的欢心。而我常常在心里暗自悲伤。新来的每一天，并不能使我欢喜，那表示我和父亲、母亲的相聚又减少了一天。不免想到"孝子爱日"这句话。我虽然不是一个孝子，可也同样珍惜每一天与父母相聚的时光。但愿借着这篇文章的刊出，使母亲读到我说不出来的心声。想对母亲说：真正了解人生的人，是你；真正走过那么长路的人，是你；真正经历过那么多沧桑、也全然用行为解释了爱的人，也是你。

在人生的旅途上，母亲所赋予生命的深度和广度，没有一本哲学书籍能够相比。

母亲啊母亲，我亲爱的姆妈，你也许还不明白自己的伟大，你也许还不知道在你女儿的眼中，在你子女的心里，你是源，是爱，是永恒。

你也是我们终生追寻的道路、真理和生命。

妈妈，稻子熟了

袁隆平

稻子熟了，妈妈，我来看您了。

本来想一个人静静地陪您说会话，安江的乡亲们实在是太热情了，天这么热，他们还一直陪着，谢谢他们了。

妈妈，您在安江，我在长沙，隔得很远很远。我在梦里总是想着您，想着安江这个地方。

人事难料啊，您这样一位习惯了繁华都市的大家闺秀，最后竟会永远留在这么一个偏远的小山村。还记得吗？1957年，我要从重庆的大学分配到这儿，是您陪着我，脸贴着地图，手指顺着密密麻麻的细线，找了很久，才找到地图上这么一个小点点。当时您叹了口气说："孩子，你到那儿，是要吃苦的呀……"我说："我年轻，我还有一把小提琴。"没想到的是，为了我，为了帮我带小孩，把您也拖到了安江。最后，受累吃苦的，是妈妈您哪！您哪里走得惯乡间的田埂！我总记得，每次都要小孙孙牵着您的手，您才敢走过屋前屋后的田间小道。

安江是我的一切，我却忘了，对一辈子都生活在大城市里的您来说，七十岁了，一切还要重新来适应。我从来没有问过您有什么难处，我总以为会有时间的，会有时间的，等我闲一点一定好好地陪陪您……哪想到，直到您走的时候，我还在长沙忙着开会。那天正好是中秋节，全国的同行都来了，搞杂交水稻不容易啊，我又是召集人，怎么着也得陪大家过这个节啊，只是儿子永远亏欠妈妈您了……其实我知道，那个时候已经是您的最后时刻。我总盼望着妈妈您能多撑两天。谁知道，即便是天不亮就往安江赶，我还是没能见上妈妈您最后一面。

因为爱·母爱

　　太晚了，一切都太晚了，我真的好后悔。妈妈，当时您一定等了我很久，盼了我很长，您一定有很多话要对儿子说，有很多事要交代。可我怎么就那么糊涂呢！这么多年，为什么我就不能少下一次田，少做一次实验，少出一天差，坐下来静静地好好陪陪您。哪怕……哪怕就一次。

　　妈妈，每当我的研究取得成果，每当我在国际讲坛上谈笑风生，每当我接过一座又一座奖杯，我总是对人说，这辈子对我影响最深的人就是妈妈您啊！无法想象，没有您的英语启蒙，在一片闭塞中，我怎么能够阅读世界上最先进的科学文献，用超越那个时代的视野，去寻访遗传学大师孟德尔和摩尔根？无法想象，在那个颠沛流离的岁月中，从北平到汉口，从桃源到重庆，没有您的执著和鼓励，我怎么能获得系统的现代教育，获得在大江大河中自由翱翔的胆识？无法想象，没有您在摇篮前跟我讲尼采，讲这位昂扬着生命力、意志力的伟大哲人，我怎么能够在千百次的失败中坚信，必然有一粒种子可以使万千民众告别饥饿？他们说，我用一粒种子改变了世界。我知道，这粒种子，是妈妈您在我幼年时种下的！

　　稻子熟了，妈妈，您能闻到吗？安江可好？那里的田埂是不是还留着熟悉的欢笑？隔着二十一年的时光，我依稀看见，小孙孙牵着您的手，走过稻浪的背影；我还要告诉您，一辈子没有耕种过的母亲，稻芒划过手掌，稻草在场上堆积成垛，谷子在阳光中毕剥作响，水田在西晒下泛出橙黄的味道。这都是儿子要跟您说的话，说不完的话啊。

妈妈，谢谢你让我离开

凯·吉尔德戴尔　阮　东/译

判决的时刻到了。1小时45分钟的闭门会议后，陪审团将宣布他们是否认为我故意谋杀了我女儿琳。我抚摸着脖子上的盒式挂链，一连9天的审判我一直戴着它，那里面有琳的照片和她的几缕青丝。我知道琳一定不希望我经历这样的煎熬。在她离开人世前，她曾告诉我她很担心这样的事情会发生在我身上。

"陪审团，对凯·吉尔德戴尔的指控，你们达成一致裁决了吗？"法庭传达员问。

"是的。"首席陪审员说。

"就凯·吉尔德戴尔企图谋杀她女儿琳·吉尔德戴尔这项控告，你们是如何裁决的？"

我屏住了呼吸。

17年前一个普通秋日的下午，我接到一个电话。电话是琳的老师打来的，她问我是否能来接琳，她好像生病了。当我赶到学校时，14岁的琳面色惨白。"妈妈，很抱歉让你从公司赶来，但我感觉恶心，头晕得厉害。"

琳再也没能回到学校。短短几周内，我们可爱的女儿不再是我和我丈夫理查德认识的那个活泼、阳光的小话匣子。

除了严重而持续的喉咙痛、头痛、四肢痛、腺体肿胀和感染以外，琳几乎每天都会昏迷，有时，一次发作会持续几个小时。几周后，琳终于被诊断患有慢性疲劳综合征（也叫做肌痛性脑脊髓炎，即Myalgic Encephalomyelitis，简称ME）。ME是不治之症，医生们也不确定病因。尽管有关的科学证据越来越多，但还是有人怀疑这种病到底存不存在。然而，ME 却影响着 25 万英国人，其中有 25% 的人病情严重。

接下来的 17 年，琳不得不没完没了地去医院接受检查。她逐渐不能吞咽，只能通过鼻饲维生。她整天只能平躺，因为她坐起来会失去知觉。她的主要脏器和内分泌系统已失灵，尽管每天注射吗啡，她还是经常感到剧痛。但我坚强的女儿始终没有放弃信念，她相信终有一天，她可以像一个正常的年轻姑娘那样生活。

2007 年 9 月 30 日是琳 30 岁的生日，她想放弃治疗，并示意想和我谈谈。"我不想再这样下去了，"她用力写着，"妈妈，我完了。你治不了我。我们得做点什么。"之前的几周，我时常发现她在哭——这不像她。琳极少沉浸在自怜中。但 30 岁这关对她很重要。她曾告诉我说，如果她到那个里程碑时还不好的话，她不想继续下去。

但即使这样，琳又坚持了一年。2008 年 12 月的一个夜晚，我从睡梦中惊醒。时间是凌晨 1 点 45 分，我刚躺下 1 个小时，琳按了对讲机上的按钮。我跑到她的房间。"出什么事了？"困意让我有点不耐烦。她榛子色的眼睛里噙满了泪水，她抬起一支大注射器。我去睡觉前，刚给她在注射器里装了 24 小时用的吗啡。注射器连着一个泵，这个泵会慢慢将止疼剂推进她的大腿，但现在注射器空了！

我马上意识到发生了什么：她把整管药剂推入了血管！她哭着对我示意："我坚持不住了，妈妈。"我紧紧握住她的手，眼泪夺眶而出："为什么是现在？""什么时候又是合适的呢？妈妈，我真的很抱歉。这管吗啡我全都打完了，但还不够。妈妈，请再给我加一管吧。"她在纸上写着。虽然我曾想象过终有一天琳将离我远去，但我从未想过是以这种方式。我想起过去这 17 年里琳所忍受的种种煎熬：医生用巨大的针管扎她的脊柱，她的静脉萎缩；她在医院里感染上超级病菌。现在，她的肾和心脏都有问题，她有骨质疏松症、肝功能衰竭、肾上腺失灵、甲状腺不活跃……

"我理解你的感受，"我说，"但我不想让你走。你不能再等等，等待上帝的召唤？"我俩谈了很久，她一直恳请我结束她的生命："你是唯一能帮我的人。妈妈，我求你了。"我终于接受了这个事实，不能让女儿再这样下去。

我去另一间房取来 6 瓶吗啡。我把注射器灌满，准备把它接上——但琳推开我的手，直接拿走注射器。我就坐在她床边。随着吗啡进入她的血液，她逐渐失去知觉，我希望她能听见我的心声。我哭着说："我爱你，你爸爸也爱你，所有人都爱你。我们能理解，我们不怪你。我们知道你受了多少罪。你是如此勇敢、如此顽强。我亲爱的宝贝，你现在可以好好休息了。"

我就那样在琳身边坐着，抚摸她的头发。我没有挪动身体，不吃不喝也没睡。夜幕再次降临。2008年12月4日早上7点10分——从她叫醒我，已过去了29小时25分钟——我女儿停止了呼吸。

我不知道我和琳躺了多久。又一天过去了，我明白自己还有更重要的事情要做。我抑制住悲痛坐起来，设法集中精力，给琳的爸爸——我的前夫理查德发了一条短信："请现在就来。"

理查德很快赶来。当他看见她躺在那里、惨白的脸一动不动时，他几乎崩溃。他双膝跪地，用力抱紧她。"琳，我很抱歉。"他抽泣道。作为她的父母，我们面对ME时无能为力。我们争取了那么多年，但还是没能挽回我们的女儿。

理查德终于平静下来，打电话给医生。医生走后不久，门铃又响了，两名警察站在门口……我知道辅助自杀是犯法的，但我准备好向警察承认过去的48小时发生的一切。

我不知道琳死后的那最初几周，我是怎么过来的。理查德和我家人给了我莫大的支持，但我太想念琳了，我想念她的温暖、善良、幽默、淡淡的微笑和她的一切一切。

2009年4月16日，我被指控蓄意谋杀，我并不生气。"现在，无论发生什么都不重要，"我想，"最糟糕的都已经发生，琳都走了。"检察官向我解释了人们参与协助自杀不被起诉的种种条件。如果受害人"患有晚期的病症、不治的残疾或处于衰退的状况，自杀的意愿是明确的、不可能改变的，他自己充分了解情况而且已告知嫌疑人，并要求帮助。嫌疑人的动机完全出于同情，而且应该是受害人的近亲或朋友"，那么，起诉将不太可能。但控方会撤销对我的指控吗？

意想不到的证据竟来自我女儿琳，她从坟墓里告诉世界她的感受。证词来自琳写的一封信，信是写给她在网络论坛里结识的朋友的。这些人也患有ME，在琳生命的最后几年，这些同病相怜的朋友给她带去巨大的慰藉。

她在信中写道："朋友们，我有很重要的事情要和你们说。经过数月，甚至是多年的认真考虑，我基本上已做出了决定。是的，我受够了，我想离开这个世界。"

因为爱·母爱

法庭上鸦雀无声,人们都在专注地聆听我女儿的心声。

"想象一下你的生命只在一间小小的房间里,只在一张单人床上,从你14岁起,就待在那里,整整17年;想象一下一个31岁的大姑娘,至今未曾热吻过,更谈不上别的了;想象一下一个有着百岁老妪般瘦弱骨架的人,稍有行动,便有严重骨折的危险;想象一下不能将脑中活跃的思维表达出来,因为你无法说话,只能缓慢地敲击键盘;想象一下永远无法实现你想要的,可那是赋予所有年轻女性的权利,如孕育你自己的孩子;想象一下死亡——你身体的每一个部分都知道,那是你想要的——却因病得太重,以至于无法自行了断。所以,你的'生命'被囚禁在那悲惨的躯壳里苟延残喘……以上这些我都不用想象。那就是我的现实。我的身体和思想早已支离破碎,我渴望一份宁静。"琳是她自己最好的代言人。她的意愿表达得再清楚不过了,她能如此勇敢地为自己说话,我为她感到骄傲。

"首席陪审员,你们达成一致的裁决了吗?"

"是的。"

我屏住了呼吸。不管判决如何,我不后悔当初那么做。

"就故意谋杀这项指控,你们是如何裁决的?"

"无罪。"

我的家人和朋友们发出一阵欢呼,我则泪流满面。琳的一些生活画面浮现在我眼前:她是那个笑着在沙滩上跑的小女孩,她是那个躺在阴沉房间里重病不起、精疲力竭的姑娘……我看见她在冲我微笑,现在,她终于可以安息了。我知道那天床边的道别绝不是我们最后的诀别,总有一天我们会在天堂重逢。

母亲的背是最安稳的床

荣光背后多少母亲痛

周秀兰／口述　皓　月／整理

郎朗如何在父亲郎国任的严苛教导下成为国际钢琴大师的故事家喻户晓。而在他远离故乡、在北京和国外求学的漫长岁月中，有一位女性的心痛、隐忍、酸楚和坚强鲜为人知，却不可忽视。她就是郎朗的母亲周秀兰。在长达八年的时光里，她与丈夫、儿子分居两地，孤守沈阳，为郎朗的成长提供必需的经济保障，也是郎朗沉重幽暗的童年岁月中一抹珍贵的阳光和亮色。

夫妻、母子忍痛分离

1990年初夏，我和丈夫郎国任做出了一个艰难的、痛苦的、近乎疯狂的决定。儿子郎朗从三岁开始学弹钢琴，很有天赋。他的第一位老师朱雅芬教授告诉我们，如果要让孩子有更大的发展，就必须到北京去。我试探着问丈夫："亮亮（郎朗的小名）想让我跟他一起去。"郎国任说："这不可能。我们需要你挣工资，好供我和郎朗在北京生活。"我清楚地知道，这就意味着郎国任要辞去他在公安局的工作。这决定很疯狂，却是必须的。最后我们决定：郎国任辞去公职，陪儿子远赴北京；我留在沈阳，挣钱维持一家人的生计。

不久，郎国任先去了北京，打听学校，租房子。很快，我带着郎朗来到北京。到了租住的小区，我心里一凉。这显然是一个低收入居住区，公寓楼破败不堪，街上到处是垃圾。我有点想打退堂鼓："我们还是回沈阳吧，至少一家人可以在一起。这里的生活条件太委屈孩子了。"郎国任大声说："你不要影响儿子的未来。

因为爱·母 爱

已经决定了的事情，就算再苦再难，也要走下去。"

安顿好一切，我要回沈阳了。郎朗一下子扑过来，紧紧地拉住了我的外套，说什么也不肯放手。我狠心地掰开儿子的小手，冲出了房间。我刚下了一层楼，身后就传来了郎朗的琴声。郎国任已经在逼儿子弹琴了。

我心神不定地回到了沈阳的家。看着散落一地还没来得及收拾的杂乱物品，看着空荡荡的床铺和衣柜，我瘫坐在地上，眼泪扑簌簌地往下掉。

一个女人独居，什么活都得自己干。一次，家里的灯泡坏了，我踩着凳子站上去，脚下不稳，连凳子带人摔了下来，膝盖磕肿了，手臂擦破了，鲜血直流。要换煤气罐了，我扛着沉重的铁罐上楼，每上一层就停下来喘半天。一年冬天，沈阳突降暴风雪。半夜时分，狂风夹杂着雪粒呼啸而来，窗户被吹开了，玻璃被撞得粉碎。我裹紧被子，瑟缩着躺在床上，心惊肉跳地过了一夜。第二天风停雪止，我打扫地上的碎玻璃时，一不小心左脚被玻璃割了个大口子。我忍住疼痛，一瘸一拐地取来家用医药包，洗净伤口，擦上药膏，再用纱布包扎好。做这一切时，我的泪水一刻也没有停止。

这些苦和累都不算什么，最让我心痛的是郎朗。每次我去看他，离开时，他都抓着我的衣服不放，像天塌了似的大哭。我心里难过，可又不得不狠心地推开他。每次从北京回沈阳，我都像大病了一场。

郎国任对儿子的要求一天比一天高，恨不得儿子在睡梦中都在练琴。一次，我本来准备好了去北京，临出门前，郎国任打来电话说："你不要来了。"我诧异地说："我都准备好了，再说郎朗想我了，我也想他了。"郎国任冷硬地说："正因为这个，你不要来。你一来，郎朗就会恋着你，就不专心练琴了。"放下行李，我泣不成声。也许郎朗需要更多的时间去练琴，可这难道就意味着他不需要母爱了吗？

还有一次，郎朗和我一起坐火车回沈阳，我们母子俩坐在一起聊天。没多久，郎国任气冲冲地对我说："够了！你和郎朗说得够久的了。他这会儿应该学英语，应该熟悉他在沈阳要弹的曲子的曲谱。"我哀求道："郎朗和我在一起，就这么一点时间，这对我们俩都很重要，一个成长中的男孩需要有时间和母亲在一起。"郎国任说："你这么宠着他，把他弄得一点毅力都没有。你以为你是在帮他，其实是害了他。"我的眼泪流了出来。我拼命止住泪，我不想让郎朗看了难过。

郎朗的目标是考入中央音乐学院，郎国任百般托请才为郎朗找到了一位知名教授，据说经过这位教授的点拨，考上中央音乐学院就胜券在握了。可教授教了郎朗几个月，觉得他并非天才，决定放弃他。

我去北京时，看见郎朗的嘴上起了满满的水泡，心里那个痛啊："亮亮，你嘴上怎么起这么大的泡啊？"郎朗说："妈，我是想您想的……"什么样的思念才能让孩子如此可怜！我忍住泪告诉他，让他在日历上记下妈妈要来的日子，然后一天天画掉。我再去北京时，郎朗把一张画满了红杠的日历拿给我看："妈，您看，我想了您这么多天……"我搂着儿子，泪如雨下。

处处坎坷的母爱之痛

1993年，郎朗荣获第五届"星海杯"全国少儿钢琴比赛专业组第一名。第二天，《中国青年报》发表了长篇报道，报道了钢琴神童郎朗的成长经历。同事看到了，说郎国任逼郎朗。我大吃一惊，赶紧找来报纸看。原来，我不在北京的几个月间，发生了一件可怕的事：郎朗被音乐学院的教授拒绝后，郎国任陷入了极端的失望与迷茫之中。他把失败的原因归咎于儿子。一天下午，郎朗因为在学校给合唱团排练伴奏，回家稍晚了一点，郎国任对郎朗大发脾气。他把儿子拉到公寓十一楼的天台上，歇斯底里地拿出一瓶药性很强的抗生素，逼儿子吃下去。郎朗拼命地躲开了他。郎国任拉着儿子尖叫道："那你就跳楼！跳下去死！"郎朗拼尽全力才挣脱了他的手，逃回家里。此后，郎朗拒绝弹琴，有整整3个月的时间，郎朗不肯碰一下钢琴。直到朱雅芬教授从欧洲回来，他才重新敲响了琴键。郎国任怕我责备，便叮嘱郎朗别把这件事情告诉我。我立刻向单位请假赶到北京，狠狠地责备了丈夫一顿。郎国任自知理亏，低着头一言不发。我怒气渐消，觉得丈夫也挺可怜的，如果不是被逼得近乎崩溃，他也舍不得这样对待儿子啊！

1993年，十一岁的郎朗远赴德国参加第四届青少年国际钢琴比赛，获得了第一名。郎朗跟父亲一起回到沈阳后，拿出一个精致的盒子递给我："妈，这是我送给您的礼物，是用我的奖金买的。"我打开盒子，里面是一条黄金项链，吊坠是水蓝色的宝石，非常漂亮。我激动得哽咽了："儿子，谢谢你。你赢得了这么大的荣誉，妈妈该给你买礼物才对啊！"郎朗认真地说："妈，我特别想要一个礼物。"我赶紧说："你说吧，你想要什么，妈妈一定给你买！"郎朗的眼睛里充盈着泪水:"妈妈,我就想让您好好地抱抱我!"

我热泪横流,把郎朗紧紧地抱在怀里,用下巴抵着儿子的小脑袋。郎朗在我怀里轻声说:"妈妈,我受点苦都没啥,我最难受的是,妈妈不能抱我……"我哭出了声。在郎朗童年的记忆里,他总是不断地哭喊着寻找妈妈,渴望妈妈抱着他……这骨肉分离的漫长三年,是儿子成长岁月中最天真烂漫的时光,我却不在儿子身旁。儿子一天天长高的身体,我不能看见;儿子一天天变粗的嗓音,我不能听见。而最令我痛不欲生的,也正是无法拥抱儿子,不能体会母子连心的温暖与快乐,而这种缺失是永远都无法补救的!

1995年,郎朗赴日本参加第二届柴可夫斯基国际青年音乐家比赛。在郎国任的坚持下,郎朗选择弹奏肖邦的《第二钢琴协奏曲》。一位权威专家觉得郎朗驾驭不了这么复杂的情绪,郎国任对郎朗说:"你弹的时候,心里就想着你对你妈妈的爱,为你妈妈好好弹!"郎朗弹奏时,心里眼里只有我,只想着我的拥抱……他找到了一份灵动的满怀孤寂的诗情,他的弹奏充满了温暖。他赢得了第一名!这次比赛彻底改变了郎朗的命运。三个月后,他与国际著名的IMG演出经纪公司签约,从此走上了职业演奏家之路。

郎朗在美国求学的三年间,我没有见过他一面。因为他的职业生涯尚不稳定,所以我不敢辞去工作,依然兢兢业业地上班,生怕失去这份不多却稳定的收入后,父子俩衣食无着。1999年夏,郎朗应邀在芝加哥"拉维尼亚世纪明星音乐会"替补演出,与郎朗同台的是世界一流的芝加哥交响乐团,合作者是指挥大师艾森巴赫。演出结束后,3万观众同时起立,掌声如雷。第二天,《芝加哥论坛报》惊呼:"一个世纪巨星诞生了!"之后,美国许多著名交响乐团纷纷向郎朗发出邀请。郎朗开始马不停蹄地奔波,等待他的是一场接一场的音乐会。2000年初的一天,郎朗打电话给我,对我说:"妈妈,我要接您来美国。"这时,我正在医院打点滴。我的工资都用在他们父子身上,长期的营养不良使我患上了低血糖。那天,我突然直冒虚汗,两脚发软,栽倒在地。由于长期孤身一人,我的内分泌失调,还患上了胃溃疡,这些我都没跟父子俩说过……我做这一切时,从未想过回报,但此刻听到孝顺的儿子发出的邀请,内心真是前所未有地激动。

来到美国费城后,儿子直接将我带到了一栋漂亮的房子前,然后把一串钥匙放在我的手心:"妈妈,这是我送给您的礼物。"我觉得像是做梦一样,眼泪潸然而下。

驱散迷惘，拥抱暖阳

　　成为职业钢琴家的郎朗有了固定的收入，我也辞去了工作，陪伴郎朗在世界各地巡演，其实这并不是件轻松的事。郎朗的演出非常频繁，一年要演100多场，像空中飞人一样满世界飞，光是倒时差就够我受的了。但我坚持陪伴在郎朗的身边。儿子的童年我已经缺席了，现在我不想再失去与儿子在一起的每一分钟，哪怕是千山万水，哪怕是千辛万苦，我都要和儿子一起担当。郎朗的每一场演出，他都要为我留下最好的座位，我坐在台下听儿子弹琴，心里有说不出的自豪。每一次，我都被儿子的琴声感动得泪流满面。在儿子的琴声中，我能看到自己在沈阳孤守时的悲怆身影，能听到自己在夜半时分伤感的轻声啜泣。儿子在台上的荣光有多么巨大，我这个母亲内心的酸楚与感慨就有多么深重。

　　郎朗演出结束回到酒店，他住的房间总是和我相邻。他让我给他沏家乡的茶，熨烫衬衣；每天他都要我陪他散步，在散步时他会紧紧地牵着我的手，仿佛他要把空缺了近10年的爱全部找回来——这时，他不再是叱咤乐坛的钢琴大师，他只是我的儿子，我的宝贝。

　　然而，我觉得郎朗的脸上有时会有一抹淡淡的忧伤。在成功给他带来了巨大荣耀的同时，也带给他些许迷惘。有一天他忽然问我："妈妈，会不会有一天我不能弹琴了？比如说，要是我病了呢？"

　　儿子的话让我目瞪口呆，半天不知如何回应。

　　郎朗居然一语成谶。2003年5月的一天，有人把一架霍洛维茨大师用过的钢琴借给郎朗，他非常高兴。那架钢琴的琴键已被磨得很薄，他弹的时候便格外用力，没想到弹着弹着，他的右手小指突然剧痛起来，疼痛很快蔓延到整个右臂。医生诊断认为，这是他练琴太过频繁、手臂过度劳累所致，得休息一个月，否则右臂可能瘫痪。接下来的日子，郎朗再也不敢碰钢琴，安排好的音乐会也取消了。

　　可郎朗显然无法适应没有钢琴的日子。休息的第一天，他坐立难安，六神无主。我知道我得找点什么事让他做，要不然他会疯掉。我每天领他出门，去博物馆、电影院、商场……我还给他买来一大堆莎士比亚的书，和他一起读；又特地邀来他的同事和朋友，在家里给他举办聚会……起初他被迫跟着我的节奏走，但慢慢地，他对这些钢琴之外的生活产生了兴趣。

"妈妈，我现在才知道，就算没有钢琴，我也能过得很好。生活是一个平衡体，它像一架钢琴一样，必须有很多不同的音阶才能弹出完美的曲子，而不能只由一个单一的琴键构成。"一天，郎朗对我说。儿子的话让我心里的石头落了地，也让我陷入了深思。

两个月后，郎朗的手终于恢复了正常，但这件事给了我巨大的震动。从儿子三岁起，我们一家人就围着钢琴转，以郎朗练琴为中心，以他成为钢琴家为目的。我们一直简单地认为，郎朗成功了，我们一家人就幸福快乐了。如今，郎朗的确成功了，可是我们一家人的幸福快乐在哪里呢？

经过几个不眠之夜，我终于做出了决断。丈夫长年奔波，精神长期高度紧张，身体早已透支，医生多次要求他休养，他却担心影响儿子的事业，一直硬撑着，现在是让他退居幕后的时候了。至于郎朗，以他现在的名气和影响力，除了演奏钢琴，还可以做很多事，比如传播古典音乐、做慈善。

我对丈夫和儿子说出自己的想法，父子俩沉默半晌后同意了。多少年来，都是郎国任为我和儿子做主。他的坚定顽强、不屈不挠，成就了今天的郎朗，可是也造成了郎朗某些生活元素的缺失。多少年来，这是我第一次做主。从现在开始，是该我们换一种生活方式的时候了。

从2004年起，郎朗开始不定期地为不同学校的孩子们上课，给他们介绍古典音乐。他还和斯坦威合作，推出了斯坦威钢琴的"郎朗系列"，每架钢琴都配有小白板，学琴的孩子弹琴的时候如果灵感来了，可以在上面写或画。2004年8月，郎朗出任联合国儿童基金会历史上最年轻的亲善大使，出访坦桑尼亚等非洲国家。2006年，他出任中国环境大使，关注日益严重的水源短缺、土壤流失和空气污染等环境问题……

而我和丈夫也在改变。丈夫开始每天花一两个小时打乒乓球，这对以前争分夺秒的他来说是不可想象的。我则开始学英语和钢琴，以便能像儿子一样完全融入国际新环境。每当我们一家三口围在一起兴高采烈地谈天说地，每当儿子亲吻着我和丈夫的脸颊深情地说"我爱你们"，每当注视着儿子快乐而纯净的笑脸时……我欣慰地意识到，孤苦和迷惘已经远去，郎朗也好，这个家也好，我们像当初约定的那样，努力寻找着属于我们的幸福和快乐……

梧桐飘落的深秋

金 泳

许多年后,我还会忆起三十年前母亲为我送米的那个下午。

那时我在县一中念书。对于第一次远离父母到城里念书的农村孩子来说,想家是难免的,很多同学都在夜里哭过。由于交通不便,同学们一学期都在学校度过,因而家长按月送米到学校便成了同学们每月的巴望。

那是深秋的一个晴朗的下午,晚餐时我仍在教室里写作业,省得去食堂排长蛇阵。当同桌告诉我母亲来了时,我便向宿舍飞奔而去。路过操场,我看见了晒在双杠上的我的被子,那一定是母亲晒的。远远地我望见了母亲,她站在宿舍前的台阶上,中等个儿,一身朴素整洁的打扮,傍晚的阳光把她的半身染成了金黄。我高兴地跑上前去:"妈,还没到时候呢,想不到你就来了。"

"妈想你了,就来了,现在得闲,过几天就忙了。"

说话间我们进了宿舍,两份饭摆在床前的木箱上,还有母亲从家里带来的一包油炸小鱼,一罐头瓶肉烩咸菜,床上是她送来的夹衣。"这是你的。"她把一份饭递给我,里面的菜是粉蒸肉,她自己吃只有南瓜的那份儿。哟!粉蒸肉,是我最喜欢吃的菜了。现在想想,为什么当时不和母亲的那份儿换换呢?难道这是天经地义的吗?母亲见我狼吞虎咽,三下五除二地吃完了,就把自己的饭分给我一些。她说:"我来时吃得多,现在还不饿。"真的,现在回想起来,那是我学生时代吃得最香的一顿饭。

饭后,母亲把买来的饭菜票给我。她告诉我她是下午三点到的,背着米从车站一路问到学校。她说还是年轻时同我父亲一起来过县城,原来这里都是棉田,

因为爱·母爱

二十年了，已经大变样了。在两个小时内，她找到学校后勤处，交了米，买了饭菜票，再找到宿舍认出我的床铺，为我晒了被子，又帮我洗了床下一双放了很长时间、很脏的运动鞋，然后打扫了寝室卫生，再到食堂打来饭菜。可想而知，这其间她一定问了不少人，流了不少汗。

是夜，母亲就留宿在这里，她睡我的铺，我和上铺的同学挤。等我们下了晚自习，她已经睡了，知道我回来，她又坐了起来，从蚊帐里露出脑袋仔细地打量我，喃喃地说："这孩子怎么瘦成这样？是不是有什么病？"我说："没事，学生都这样子。"我不想把上月患夜盲症的事告诉她，她叹息一声，依旧睡下。

"啪！啪！"窗扇猛烈地拍打着，将我惊醒。窗户上的玻璃早没有了，蒙上的塑料纸也所剩无几，夜里起风了，风吹窗扇发出阵阵响声，吹得蚊帐一鼓一鼓的。我探出身子，低头倾听母亲细微的鼾声，室内一团漆黑，远处高塔上的灯光映照着窗前摇曳的树影，估计时间尚早，我又放心睡下。

睡梦中，感觉有人用手指戳我，我便倏地坐了起来，揉揉眼，一看是母亲。"我要走了，你睡吧。"她低声说。我急忙穿衣下床。她说："外面起风了，你要把夹衣穿上。"随后，她从衣袋里掏出一些零钱，说："这次出门带了十元钱，车票花了一元四，买菜票是六元，就剩这些了。"她清了清，把一元二角钱递给我，说："拿着，恐怕急用，想吃点什么就买点。"我"嗯"了一声，接过钱。突然她又把手上的四角钱也塞给我。我说："你的车钱……"她说："我搭一元钱的车，再去走一截。"我忙塞给她说："这怎么行，我还有钱。"她疑惑地看着我，我拍了拍口袋说："是真的，上个月的钱我还没用完呢。"她没再推托，脸上显出为难的神色。

我和母亲走出宿舍，外面的景物一片朦胧，整个校园还沉浸在宁静的睡梦中，风比昨夜小了些，梧桐叶落了一地。无意中我发现食堂那边一片灯光，烟囱浓烟滚滚，便对母亲说："妈，我去买几个馒头你车上吃。"我们来到食堂，里面黑黢黢的，只有两个窗口透着点亮光。从窗口望去，里面雾气弥漫，十几个工人围着案板捏包子。我贴在窗口喊："买馒头。"窗口出现一张黑红的男人的脸。他歪着脑袋打量母亲，问道："你买馒头？还没熟呢。"母亲说："请问还要多久？""半个小时吧。"母亲喃喃地说："半个小时，等不及了，走吧！"的确，从县城到我家，每天只有早出晚归的一趟车，要是误了车，今天就回不去了。

母亲的背是最安稳的床

我送母亲走出校园,心中若有所失。出了校门,母亲说:"你回去吧,下个月再来看你。"我点了点头。在昏黄的路灯下,我看见母亲齐肩的头发,身穿天蓝色大襟衬衣,深色长裤,脚穿一双白塑料底的布鞋,腋下夹着来时装米的白布口袋,渐渐消失在早行的人群中。

我蔫头耷脑地回到宿舍,宿舍依旧沉静,同学们还没起床。我坐在床沿上一时不知所措,睡吧,眼看就要打起床铃了;去教室吧,黑咕隆咚的,又没开门。对了,食堂里的馒头这时候也许熟了吧,想到这里,我的心不由得一阵激动,急忙向食堂跑去。

一进餐厅就闻到了馒头的芳香,这时,白胖的馒头已经出笼,在案板上腾着热气。我对着窗口大喊:"我买馒头。""哪个这么早就鬼吼鬼叫的?还没到点呢。"有人在里面吼道。"我买馒头。"这一次我几乎是哀求了。"算了,算了,他等了一会儿了,卖给他吧。"一个小个子女人离开案板走过来问:"买几个?""买五个。"我递过票去。她点了票,拿来馒头给我,我双手捧起馒头,说了声"谢谢"就飞奔而去。等她在里面问我要不要稀饭时,我已出了食堂的门。

我一路小跑来到车站,心里惦记着不知母亲走了没有。候车室里的灯光格外明亮,我焦急地搜寻着母亲的身影。突然,我在几排购票队伍里发现了母亲,因为冷,她把口袋当作头巾包在头上,她已经接近售票窗口了,我惊喜地大喊一声:"妈——"这一声引得所有人都回头看我。母亲看见我了,她先是一愣,紧接着笑容就在她的脸上绽开。她离开队伍走过来,我捧着馒头迎了上去:"妈,馒头,给你!"她双手接过馒头,用惊喜的目光打量着眼前喘气的我,一时不知所措。我高兴地说:"妈,我买到了!"她说:"你,吃了吗?"我喘着气说:"没有,我再去买。妈,我要走了。"她连连点头,脸上荡漾着幸福的喜悦。当我跑出候车室时,听得她在后面喊:"你慢点!小心……"那天,我迟到了,但我心里高兴。

下月送米来的,是我的父亲,他告诉我,那天母亲是走回家的,那一元四角钱她省下了。我当时就愕然了,不解地问道:"怎么会呢?她不是在买票吗?"父亲说:"没有,接到馒头后她就改变了主意。"

"那她是什么时候到家的?"

"天还没黑,我们在等她吃晚饭。"

"怎么会这样呢?难道她不觉得累吗?"

因为爱·母爱

"没有,她高兴着呢。她吃了两个馒头后动身,中午又吃了一个,剩下的带回来我们吃了。"说着,父亲的眼眶就湿润了,他吧嗒了一口烟又补充道:"中途,她只讨过两次水喝。"

天啊!我家离县城有一百多里路,中间要过两条河,这一路上的情形,我实在无法想象。

等我长大成人,到身为人父,我终于体会到母亲的伟大,她在接到馒头后不是继续买票上车,而是尽可能地为儿子节约每一分钱!她是在用行动来回馈儿子的一份孝心啊!由于积劳成疾,母亲过早地离开了我们。子欲养而亲不在,每当见到飘落的梧桐叶,我就回忆起她给我送米的日子。

今天,又是梧桐叶落时……

母亲的背是最安稳的床

母亲的勇气

一路开花

2006年12月14日,深夜11点24分,在美国洛杉矶国际机场,一位头发花白的东方女人引起了所有乘客的注意。

她挎着黑色的背包,背包上贴着一张用透明胶带层层缠绕的醒目的A4纸,上面用中文写着"徐莺瑞"三个字。

那些从萨尔瓦多飞到洛杉矶的乘客,几乎都是外国人,他们根本不懂中文。这位衣着朴素的东方女人在等待了许久后,终于开始在人群中用蹩脚的普通话挨个询问:"请问你会说中文吗?请问你会说中文吗?"临近午夜12点,她终于找到了救星。一位黑发男人站在她的身前,低头端详她手里的字条:"我要在洛杉机(矶)出境,有朋友在外接我。"

其实,在这张揉得皱烂的字条上,还有另外两行中文,每行中文下面都用荧光笔画了横线,方便阅读。

第一行中文是:"我要到哥斯达黎加看女儿,请问是在这里转机吗?"下面,是两行稍微细小的文字,分别是英语和西班牙语。

第二行中文是:"我要去领行李,能不能带我去?谢谢!"下面同样是英语和西班牙语的翻译。

原来,她的女儿十年前随女婿移民到了哥斯达黎加。如今刚生完第二胎,身子虚弱至极。女人思女心切,坚持从台湾过来看她,侍候她坐月子。女儿拗不过她,便在越洋信件中夹带了一堆字条。

如今,她已侍候女儿坐完月子。原本女儿要陪她到洛杉矶机场,结果却因买

因为爱·母爱

不到机票而作罢。女儿为了让她有安身之处，特意请求远在洛杉矶的朋友帮忙。为了方便相认，女人便特意在背包上缠裹了醒目的 A4 纸。

很多人都以为,.这不过是一段简单的行程。可深知航班内情的那位黑发男人，却不禁被这简单的描述感动得热泪涟涟。

从台南出发，要如何才能到达哥斯达黎加呢？

首先得从台南飞至桃园机场，接着搭乘十二个小时的班机，从台北飞往美国，再从美国飞五个多小时到达中美洲的转运中心——萨尔瓦多，然后才能从萨尔瓦多乘机飞至目的地哥斯达黎加。

她曾在拥挤的异国人群中狂奔摔倒，曾在午夜机场冰冷的座椅上蜷缩，也曾在如潮的人流中举着救命的字条卑躬屈膝……她这么做，不过是想亲眼看看自己的女儿。

这是一位真实而又平凡的中国母亲。她来自台湾，名叫徐莺瑞，六十七岁；生平第一次出国，不会说英语，不会说西班牙语。为了自己的女儿，她独自一人飞行了整整三天，从台南到哥斯达黎加，无惧这几千公里的艰难险阻与重重阻隔。

她让我们看到了一位母亲因爱而萌发的勇气。这种藏在母性情怀中的勇气，自始至终都不会因距离和时间而改变方向。

赋得永久的悔

季羡林

　　题目是韩小蕙小姐出的，所以名之曰"赋得"。但文章是我心甘情愿作的，所以不是八股。我为什么心甘情愿作这样一篇文章呢？一言以蔽之，题目出得好，不但实获我心，而且先获我心：我早就想写这样一篇东西了。

　　我已经到了望九之年。在过去的七八十年中，从乡下到城里；从国内到国外；从小学、中学、大学到洋研究院；从"志于学"到超过"从心所欲不逾矩"，曲曲折折，坎坎坷坷，既走过阳关大道，也走过独木小桥；既经过"山重水复疑无路"，又看到"柳暗花明又一村"，喜悦与忧伤并驾，失望与希望齐飞，我的经历可谓多矣。要讲后悔之事，那是俯拾皆是。要选其中最深切、最真实、最难忘的悔，也就是永久的悔，那也是唾手可得，因为它片刻也没有离开过我的心。

　　我这永久的悔就是：不该离开故乡，离开母亲。

　　我出生在鲁西北一个极端贫困的村庄里。我祖父母早亡，留下了我父亲等兄弟三个，孤苦伶仃，无依无靠。最小的叔叔送了人。我父亲和九叔背井离乡，盲流到济南去谋生。此时他俩也不过十几二十岁。在举目无亲的大城市里，必然是经过千辛万苦，九叔在济南落住了脚。于是我父亲就回到了故乡，说是农民，但又无田可耕。又必然是经过千辛万苦，九叔从济南有时寄点钱回家，父亲赖以生活。不知怎么一来，竟然寻上了媳妇，她就是我的母亲。

　　后来我听说，我们家确实也"阔"过一阵。大概在清末民初，九叔在东三省用口袋里剩下的最后五角钱，买了十分之一的湖北水灾奖券，中了奖。兄弟俩商量，要"富贵而归故乡"，回家扬一下眉，吐一下气。于是把钱运回家，九叔仍然留

因为爱·母爱

在城里，乡里的事由父亲一手张罗。他用荒唐离奇的价钱，买了砖瓦，盖了房子。又用荒唐离奇的价钱，置了一块带一口水井的田地。一时兴会淋漓，真正扬眉吐气了。可惜好景不长，我父亲又用荒唐离奇的方式，仿佛宋江一样，豁达大度，招待四方朋友。转瞬间，盖成的瓦房又拆了卖砖、卖瓦。有水井的田地也改变了主人。全家又回归到原来的情况。我就是在这个时候，在这样的情况下降生到人间来的。

母亲当然亲身经历了这个巨大的变化。可惜，当我同母亲住在一起的时候，我只有几岁，告诉我，我也不懂。所以，我们家这一次陡然上升，又陡然下降，只像是昙花一现，我到现在也不完全明白。这恐怕要成为永远的谜了。

家里日子是怎样过的，我年龄太小，说不清楚。反正吃得极坏，这个我是懂得的。按照当时的标准，吃"白的"（指麦子面）最高，其次是吃小米面或棒子面饼子（黄的），最次是吃红高粱饼子，颜色是红的，像猪肝一样。"白的"与我们家无缘。"黄的"与我们缘分也不大。终日为伍者只有"红的"。这"红的"又苦又涩，真是难以下咽。但不吃又饿，我真有点谈"红"色变了。

但是，小孩子也有小孩子的办法。我祖父的堂兄是一个举人，他的夫人我喊她奶奶。他们这一支是有钱有地的。虽然举人死了，但我这一位大奶奶仍然健在。家境依然很好。她的亲孙子早亡，所以把全部的钟爱都倾注到我身上来。她是整个官庄能够吃"白的"的仅有的几个人之一。她不但自己吃，而且每天都给我留出半个或者四分之一个白面馍馍来。我每天早晨一睁眼，立即跳下炕跑到大奶奶跟前，清脆甜美地喊上一声："奶奶！"她立即笑得合不上嘴，把手缩回到肥大的袖子，从口袋里掏出一小块馍馍，递给我，这是我一天中最幸福的时刻。

此外，我也偶尔能够吃一点"白的"，这是我自己用劳动换来的。一到夏天麦收季节，我们家根本没有什么麦子可收。对门住的宁家大婶子和大姑——她们家也穷得够呛——就带我到本村或外村富人的地里去"拾麦子"。所谓"拾麦子"就是别家的长工割过麦子，总还会剩下那么一点点麦穗，这些都是不值得一捡的，我们这些穷人就来"拾"。因为剩下的决不会多，我们拾上半天，也不过拾半篮子；然而对我们来说，这已经是如获至宝了。一定是大婶和大姑对我特别照顾，一个四五岁、五六岁的孩子，拾上一个夏天，也能拾上十斤八斤麦粒。这些都是母亲亲手搓出来的。为了对我加以奖励，麦季过后，母亲便把麦子磨成面，蒸成馍馍，或贴成白面饼子,让我解馋。我于是就大快朵颐了。

记得有一年,我拾麦子的成绩也许是有点"超常"。到了中秋节——农民嘴里叫"八月十五"——母亲不知从哪里弄了点月饼,给我掰了一块,我就蹲在一块石头旁边,大吃起来。在当时,对我来说,月饼可真是神奇的好东西,龙肝凤髓也难以比得上的,我难得吃上一次。我当时并没有注意,母亲是否也在吃。现在回想起来,她根本一口也没有吃。不但是月饼,连其他"白的",母亲从来都没有尝过,都留给我吃了。她大概是毕生就与红色的高粱饼子为伍。到了灾年,连这个也吃不上,那就只有吃野菜了。

至于肉类,吃的回忆似乎是一片空白。我老娘家隔壁是一家卖煮牛肉的作坊。给农民劳苦耕耘了一辈子的老黄牛,到了老年,耕不动了,几个农民便以极其低的价钱买来,用极其野蛮的办法杀死,把肉煮烂,然后卖掉。老牛肉难煮,实在没有办法,农民就在肉锅里小便一通,这样肉就好烂了。农民心肠好,有了这种情况,就昭告四邻:"今天的肉你们别买。"老娘家穷,虽然极其疼爱我这个外孙,也只能用土罐子,花几个制钱,装一罐子牛肉汤,聊胜于无。记得有一次,罐子里多了一块牛肚子。这就成了我的专利。我舍不得一气吃掉,就用生了锈的小铁刀,一块一块地割着吃,慢慢地吃。这一块牛肚真可以同月饼媲美了。

"白的"、月饼和牛肚难得,"黄的"怎样呢?"黄的"也同样难得。但是,尽管我只有几岁,我却也想出了办法。到了春、夏、秋三个季节,庄外的草和庄稼都长起来了。我就到庄外去割草,或者到人家高粱地里去劈高粱叶。劈高粱叶,田主不但不禁止,而且还欢迎,因为叶子一劈,通风情况就能改进,高粱长得就能更好,粮食打得就能更多。草和高粱叶都是喂牛用的。我们家穷,从来没有养过牛。我二大爷家是有地的,经常养着两头大牛。我这草和高粱叶就是给它们准备的。每当我这个不到三块豆腐干高的孩子背着一大捆草或高粱叶走进二大爷的大门,我心里有所恃而不恐,把草放在牛圈里,赖着不走,总能蹭上一顿"黄的"吃。到了过年的时候,自己心里觉得,在过去的一年里,自己喂牛立了功,又有勇气到二大爷家里赖着吃黄面糕。黄面糕是用黄米面加上枣蒸成的。颜色虽黄,却位列"白的"之上,因为一年只在过年时吃一次,物以稀为贵,于是黄面糕就贵了起来。

我上面讲的全是吃的东西。为什么一讲到母亲就讲起吃的东西来了呢?原因

并不复杂。第一,我作为一个孩子容易关心吃的东西。第二,所有我在上面提到的好吃的东西,几乎都与母亲无缘。除了"黄的"以外,其余她都不沾边儿。我在她身边只呆到6岁,以后两次奔丧回家,呆的时间也很短。现在我回忆起来,连母亲的面影都是迷离模糊的,没有一个清晰的轮廓。特别有一点,让我难解而又易解:我无论如何也回忆不起母亲的笑容来,她好像是一辈子都没有笑过。家境贫困,儿子远离,她受尽了苦难,笑容从何而来呢?有一次我回家听对门的宁大婶子告诉我说:"你娘经常说:'早知道送出去回不来,我怎么也不会放他走的。'"简短的一句话里面含着多少辛酸、多少悲伤啊!母亲不知有多少日日夜夜,眼望远方,盼望自己的儿子回来啊!然而这个儿子却始终没有归去,一直到母亲离开这个世界。

  对于这个情况,我最初懵懵懂懂,理解得并不深刻。到上了高中的时候,自己大了几岁,逐渐理解了。但是自己寄人篱下,经济不能独立,空有雄心壮志,怎奈无法实现。我暗暗地下定了决心,立下了誓愿:一旦大学毕业,自己找到工作,立即迎养母亲。然而没有等到我大学毕业,母亲就离开我走了,永远永远地走了。古人说"树欲静而风不止,子欲养而亲不待",这话正应到我身上。我不忍想象母亲临终时思念爱子的情况;一想到,我就会心肝俱裂,眼泪盈眶。当我从北平赶回济南,又从济南赶回清平奔丧的时候,看到了母亲的棺材,看到那简陋的屋子,我真想一头撞死在棺材上,随母亲于地下。我后悔,我真后悔,我千不该万不该离开了母亲。世界上无论什么名誉,什么地位,什么幸福,什么尊荣,都比不上待在母亲身边,即使她一字也不识,即使整天吃"红的"。

  这就是我的"永久的悔"。

母女深情溢笔端

一 览 / 编译

在我的女儿朱莉六岁时,她给牙齿仙女写了一封信,连同她掉落的第一颗乳牙一起放在了枕头底下。我以牙齿仙女的名义给她写了封回信,告诉她做一个好姑娘要经常认真刷牙。我当时并未意识到,我们正开始一种使我们母女受益匪浅的游戏。

到朱莉上四年级时,她发现文字便笺能做比欢迎牙齿仙女更多的事。一次,在我们激烈地争吵了她为什么不能买木底鞋后,朱莉写下了这样的便笺:

亲爱的妈妈:

以下是我想要木底鞋的原因:

1. 你很久以来一直想要一双长筒靴, 并最终得到了。
2. 如果说木底鞋会伤害脚的话, 那是我自己的事。
3. 祖母在圣诞节给我们钱时说, 我们可用它买任何我们想要的东西。

爱你的朱莉

我让步了——朱莉认识到了文字的力量。在此后的几年里,朱莉和我就男孩、家庭作业、打电话和家务等问题交换了许多便笺。一些便笺是在大喊大叫后的道歉,另一些则是挥洒在纸上的愉快的想法。在朱莉上八年级时,对我给她的一封充满爱意的信作了如下的回答:

亲爱的妈妈:

无论我处于什么心境,你的信都使我感到非常愉快;有时它们甚至使我泪流不止,因为它们深深地打动我的心。虽然我们也有争吵,但是我真的高兴我们能有这样的关系。我相信,这就是一个十多岁——或者一位三十九岁的人的生活。

我爱你!

朱莉

又及:将我的感受写下来比试图用语言来表达要容易。

朱莉的补充说明了为什么便笺这种方法被我们运用得如此之好。她正在经历多愁善感的青春期,我也有我自己的各种问题。写便笺是我们之间交流感情的最有效方法。

在她上高中之前的那个夏季的一天,朱莉把她的剃刀落在了浴盆上,这有可能伤着她五岁的弟弟。在指出她的粗心后,我问她自己认为应该受到什么惩罚;她怒冲冲地跑了出去。但一小时后,我发现了她在厨房柜子上留下的一张便笺:

亲爱的妈妈:

我为自己如此粗心而道歉。作为对我的惩罚,我将:

1. 放学后不去林荫广场散步。

2. 下午不看电视。

3. 晚餐前不吃点心。

她再也没有将剃刀落在浴盆上过。

两个月后,在朱莉去上高中的第一天,我们就她化妆去上学是否合适吵了一架。那天晚上,我收到了她写给我的一封长达六页的信:

亲爱的妈妈:

如果我今天早上表现得无理的话,我为之道歉。但我真的很生气,你甚至没有给我讲话的机会。如果你至少同我一起讨论问题的话,我们的谈话也许会平缓些。你不应该只是告诉我我的眼睛多么难看,而是应该帮助我使它们看上去更好些。

信的第三页包括了我苦恼的女儿所能找到的所有逻辑:

1. 我认为自己非常负责,并能学会以你我都喜欢的方法来认真化妆。

2. 我不会像我的一些朋友那样把化妆品"糊在脸上"。我认真读了包装盒上的指南和杂志上关于如何使用化妆品忠告的文章。

3. 我正在长大,我想补充我的容貌,显露我的眼睛。

4. 给我三个月的时间来考验我使用化妆品的能力怎么样?

读者
因为爱·母爱

毋庸说，我的女儿从此开始谨慎地使用化妆品了。她的整个面孔似乎变得明亮起来，这不仅是由于化妆品的作用，可能还由于从母亲那儿得到的自由感。

不久，我丈夫和我分居。此后的几个月是在混乱中度过的，除了试图为我的四个孩子提供稳定的生活外，我必须计划我们的经济开支，工作更长时间。在我烦躁的情绪使我的母爱技巧缩小时，朱莉用她的便笺伸出了援救之手：

亲爱的妈妈：

我知道你正在度过一个困难时期，并希望我能使你的所有麻烦化为乌有，不幸的是，我只能告诉你我是多么爱你。我们都为你们的离婚感到难过，但你仍然是一位伟大的、有能力的和充满爱心的母亲。

爱你的朱莉

在那一年里，我确实有几次忍不住拿自己的挫折向孩子们撒气。在一次特别严重的激烈言辞之后，朱莉在我的皮夹里留了一张便笺，以便我能在工作中去读。

亲爱的妈妈：

我知道现在的事情对你来说特别困难，我们都能理解。我想你应该更经常地外出以排解自己，我们都在长大，并有我们自己的兴趣和朋友，我们将永远是你的孩子，你不会失去我们。

我爱你！

朱莉

在朱莉十八岁生日的前几天，我问她想要什么。"我正在为之努力。"她答道。我应该想到她正在给我写自己生活中一封重要的信。这封信的一些内容是：

不久，我就要到学院读书而开始自己生活了，我觉得在你的教诲和帮助下，我已经成熟了。就我的十八岁生日来说，我希望自己能被当作一个成人来看。我希望：

1."宵禁"的时间更晚些或根本不宵禁。

2.允许我在晚上十点以后打电话和接电话。

3.自由地做出自己的决定。

4.被当作一个亲密的朋友。

现在该轮到我做出回答了。那天夜里，我一直写到很晚。

亲爱的朱莉：

母 亲 的 背 是 最 安 稳 的 床

　　成年并不是想做什么就做什么的自由的突然降临，它是要非常负责任的。如果你相信自己可以像一个成年人那样做人，我也会像对待成年人那样对待你。

　　接下来，我谈到了她的生日建议的清单，请她对宵禁和打电话要慎重。我同意她应该自己做决定，并说只有在她要求我做时我才提出劝告。我以如下的话结束了我的这封信：

　　朱莉，我祝愿你有一种充满爱的快乐的生活，并基于牢靠的价值做出正确的决定。我希望你继续发展上帝赋予你的许多才智。

　　生日快乐，我的朋友！

妈妈

　　几年前，我的女儿离家上大学了。我为没有她经常在我身边而极度失落，但我们的习惯再次帮了我们，她从大学的来信好极了！

那段岁月,那份爱

张瑞胜

  我的父母都是地地道道的陕北农民。我们这些孩子中姐姐最大,兄弟六个,我排行老四,生于1954年。
  从记事起到参军,我好像就没吃过几顿饱饭,直到现在,我肚子一饿,心里就发慌,以为是低血糖,一检查,正常——这就是小时候饿怕了留下的毛病。
  老家自然条件差,靠天吃饭,广种薄收。遇到天灾,就颗粒无收,吃粮不得不靠国家救济。
  俗话说,"半大小子,吃死老子",我们兄弟几个正是长身体的时候,肚子就像无底洞,永远也填不满,整天都感到饿。母亲只好精打细算,定量下锅,然后平均分配。红薯每人每顿最多只能分到两个,细心的母亲大小搭配着分给我们,而她自己总是吃最小、最差的。
  虽说陕北农村贫穷落后,但生产队按工分分粮,而且农民还有点开荒种地的自由,因此那些劳力多、子女少的人家基本都能解决温饱问题。按说我们也可以不必挨饿,但父母立下宏愿,非让我们六个儿子都上学读书不可。家里人口多,只有父亲一个壮劳力,一年到头,吃饭的人多,干活的人少,怎能不挨饿呢?
  学校食堂是交粮吃饭的,交什么就吃什么,吃多少就得交多少,收齐后统一供应。我们交不上细粮,下午如果吃白面条,我们就在早饭时多买一份四两的苞谷面团子,下午饭就用面汤或开水泡着吃。
  我们总是感到饿,昼盼夜,夜盼昼,盼着吃饭,经常会饿得心慌意乱,六神无主。白天饿得不行了,就向食堂的大师傅要一点盐,放在水里再加上一点酸菜充饥;

母亲的背是最安稳的床

晚上饿得实在受不了,就爬起来到庄稼地里偷吃生南瓜、茄子、青西红柿和青枣。

记得一个夏天的早上,我交的粮都吃完了,也就没有饭吃了,我只能饿着肚子,苦等着放学回家吃饭。有个亲戚问我怎么不去吃饭,我如实相告。他从口袋里掏出一块变了味的苞谷面团子给我。我如获至宝,几口就吞了下去,连一点渣子都没掉。不一会儿,我就开始闹肚子了。肚子里本来就空,越拉越空,疼痛难忍,我只好请假回家。我走了两个多钟头才到家。母亲看到我的样子,焦急万分,她极麻利地给我做了一碗杂面汤,让我吃完后躺下休息,又到地里挖了些野菜给我煮水喝。经母亲的治疗,我的肚子不疼了,但几天都缓不过精气神来。

那时候,一年到头,我们每人连一双布鞋都难以保证。上学途中,只要是土路,我们就脱下鞋子,拿在手上,赤脚走路。公社收购站的破鞋堆就是我们的免费鞋店。不管什么颜色,无论男鞋、女鞋,只要能穿上就行。当地农民都穷,哪有鞋子还能穿就扔的?帮子不行,底子能用也行,自己稍作加工就是一双鞋子,虽说不伦不类,但是聊胜于无。一次,我找到了一只红色女鞋,一只蓝色女鞋,一只大点,一只小点,穿上后前面露脚趾,后面露脚跟,虽说是"前面卖生姜,后面卖鸭蛋",还算能凑合,我很高兴。没想到,一进教室却招来哄堂大笑,我顿时羞得无地自容,自尊心受到很大的伤害。

我们一大家人住在一孔窑洞里,"吃不上、穿得破、住得挤、欠债多",是对当年我们家的概括。为了当好这个穷家,不饿死人,母亲绞尽脑汁,省吃俭用,费尽了心血。为了给孩子们多弄点吃的,母亲不得不到山里寻找更多的"进口食品"。为了确保我们吃了安全,她总是自己先尝,有几次都因尝野菜而中毒,万幸的是中毒不深,经抢救后脱险。

在我的记忆里,母亲从未倒过剩饭、剩菜。夏天的剩饭、剩菜酸了,母亲就放点碱,热一热照样吃。刷锅水,清的给猪吃,稠的给鸡吃。我们吃饭的时候,如果不慎掉到桌子上一粒饭,母亲会毫不犹豫地捡起来放到嘴里。日子好起来以后,母亲仍然如此。

从我记事时起母亲就有病,她被病痛折磨了大半辈子。山区缺医少药,家里连糊口都难,根本无钱看病,母亲对付病魔的办法就是硬撑着。实在撑不住了,就躺下休息一会儿。病重时,起不来床,别说干农活,连饭都做不了。我们兄弟几个都是八九岁就开始学做饭的。母亲看我们可怜,常常强忍着病痛起来做饭,有几次都晕倒在地。病重的时候,母亲几乎到了崩溃的边缘,她叹息着说:"我这病啥时候能好呢?啥时候才能把你们抚养成人呢?啥时候给你们都成了家,我就可以闭眼了……我还能活到那一天吗……"我们兄弟几个的成人成才、成家立业,是压在母亲心头的几座大山,常压得她喘不过气来。她常说:"这家里要是饿死人咋办呢?"最艰难时,她曾动过将五弟送给一户有钱人家的念头,当人家来领人时,终因骨肉难舍而向人家道歉作罢。

那时,村里经常有讨饭的人上门,尽管我们家穷,但是母亲每次都会给他们一点,她总是说:"我们总比讨饭的强点,至少还支着锅灶。就算没吃的,烧上一壶开水,让他暖暖身子也好啊。"

母亲总有操不完的心,劳不完的神。家人、亲戚她都惦记着,但最放不下的还是我们几个孩子。在母亲的培养下,我们一个个都远走高飞了,但不管我们走多远,都走不出母亲对我们的牵挂和思念。

有一年,我和妻子回家探亲,妻子随口说了一句酸枣好吃,母亲就暗自记在心上。第二年,年迈的母亲拖着病体到山里采摘酸枣,晾干后托人从县城捎到延安,从延安捎到西安,又从西安捎到兰州。那一包饱含母亲心血的酸枣经过一个多月才送到我们的手中。每每想起,我的心里都酸酸的,暖暖的。

古语说:"树欲静而风不止,子欲养而亲不待。"

母亲在世时,我常思念母亲,牵挂她的冷暖,但有时连一封信也懒得写,还常以远在千里、忠孝不能两全来宽慰自己;母亲去世后,我在对母亲的深深思念中自责、悔过,常常以泪洗面,甚至有时独自失声痛哭。我曾多次祈求上苍原谅我的不孝,但终究无法抹去我心中的愧疚……

我曾答应母亲带她去北京看看,这是母亲长久以来的愿望——一个一辈子没走出穷山沟的妇女,一个从旧社会走过来的小脚女人,对党感激不尽,多么渴望去看看天安门,看看毛主席生活过的中南海,但最终,我没有为她实现这个并不难实现的愿望。

母亲去世后不久,为了不再给自己留下遗憾,我带着父亲到北京看了天安门、中南海,这样,我受伤的心灵才稍感慰藉。

我少不更事,曾误以为让一直在苦日子里浸泡的母亲吃好、穿好就是对她老人家的孝顺了,其实不然。母亲去世后,我才听邻居们讲,曾经,我写给父母的信,她总是让别人一遍又一遍地读着,没人读时,母亲有时用双手握着信,长久地呆坐在那里……

母亲病危时,不让在县城工作的二哥、三哥告诉我,怕影响我的工作和前程,而她一直是多么牵挂她的孩子啊!她把对我的爱延续到她生命的最后一刻,也定格在那最后一刻……

因为爱·母爱

梦中的跋涉

侯 辉

三十年前,他在贵州工作,不到三十岁就担任缉毒大队队长。母亲留在山东老家。

他的父亲过世早,只有一个儿子的老母亲常常梦到他,梦到孩提时的他依偎在自己的怀抱里。梦醒了,她静静地呆坐在床沿上回忆梦中的情景。她喜欢做梦,在梦中紧紧抓着儿子的手,在梦中为儿子掖掖被角,抚摩儿子已经稍有沧桑的脸,和儿子没完没了地说话。

那天,她听邻居老太太说,儿子的工作挺不容易,整天和毒贩子打交道,有时还有生命危险。她当时就害怕了,接着就托人打电话让儿子赶紧回家。那天夜里,她做了噩梦,梦见儿子与一伙毒贩子搏斗,受伤倒在了血泊里。她吓醒了,起床,揉着哭干了泪、没了睫毛、干涩的眼睛,掐了掐自己的腿,感觉生疼,才知道自己是在做梦。一阵惶惑之后,她又迷迷糊糊地睡着了。一个梦刚结束,另一个梦又开始了:儿子接到电话,正坐车往回赶。她太高兴了,马上就可以见到儿子了!她连忙起床,点亮油灯,洗了把脸,借着昏黄的灯光照了照镜子,然后锁上门,起身到火车站去接儿子。去火车站要走十几公里路,途经一座山、两条河。正是青纱帐起来的时节,路上没有一个行人,只有几颗晨星若隐若现地陪伴她孤独前行。

她一直是个胆小的人,每当夜幕降临,就早早地关上门,并且用撑门杠把门撑个结实,床头还放着把剪刀。可那天晚上,她一点儿也没感到害怕。路不好走,坎坎坷坷。她跌跌撞撞地赶到车站不久,天就亮了。在车站的站台上,她欣喜地等待着儿子归来。

　　车站上没有一个熟悉的人。她忽然怔了一下，然后惊醒：根本就没有人告诉她儿子已经接到电话了呀！没有人告诉她儿子要回来呀！那是自己做的一个梦！

　　老人叹了口气，颓唐地坐在地上。过了一会儿，她使劲站了起来，费劲地抬起双腿，深一脚浅一脚，慢慢地往家挪。此时她才感觉到，路途是那么遥远啊。

　　儿子不久就知道了这件事，这个铁骨铮铮的硬汉子落泪了。他找到领导，请求放弃一切职务，调回老家。他说："单位上没了我，还有人顶上，家里的老娘离不开我。再也不能让老娘在梦中哭醒了，再也不能让老娘在梦里跋涉了。"

我和妈妈的粥

孙雪晴

算上入学那次跟妈妈一起去北京,这是第三次坐这趟火车了。杭州到北京,傍晚六点零三分发车,第二天早上七点三十三分到,很快,特别是对于我跟我妈而言。事实上,我们已经有三四天没真正意义上讲过话了,冷战的时间长得让我没办法看到它的结尾。这样比较起来,十三个小时的车程我还是容易忍受的。

这趟火车的玻璃窗很干净,透过玻璃窗望出去,站台的灯光明晃晃的。而那些站台的柱子和站立的人群由于玻璃而失真,略有歪曲,加上光线阴影的作用,在玻璃窗均匀的平面上细微地闪动着。妈妈就在他们中间,跟那些陌生的人、柱子、路灯站在一起,脸上也是若明若暗的。她朝着我挥了挥手,同样,我也朝她挥了挥手。

这是一种非常奇怪的感觉,就好像我们彼此不认识,她只是被硬拉到这里来,做一次送行。幸好这种尴尬持续的时间不长,没等车开,妈妈就走了。她出来时没带包,这绝对是一个重大的失误,她几乎连手该摆在什么位置都不知道了。我一直在和一同返校的同学不停地聊天,因为我不知道该和妈妈说什么,或者该做什么样的表情,只有不停地笑,笑到嘴唇都搭在牙齿上了。这样差劲的伪装果真很费劲,我只希望火车快点开,越快越好。

整个暑假,杭州都是没完没了的热,该见的朋友又似乎在上次寒假时一次性见完了。我懒得出去,几乎成天泡在家里,爸爸妈妈也就自然而然地变成暑假和我见面最多的人。刚开始,他们都是对你好得不得了。一学期没见了,所有的思念都浓缩在刚见面的一两个星期,不用做家务,不用催你看英语,甚至对完全颠倒的作息时间也绝不横加干涉。不过，之后漫长的几个星期就比较难熬了。

当然这一切早在寒假经历过了。我本以为自己可以完完全全适应，可以熟练地避开跟爸妈的争吵。看来我依旧高估了自己。小争吵几乎不断，爸爸脾气比较好，吵过就忘了；女儿和妈妈却是天生的敌人，连吵架都微妙得要命，看上去很小的事，里面也会有它自己的一套规则，一旦越界，后果就很难收拾。

似乎是等了一个世纪，我跟妈妈最大的一次争吵在暑假晃晃悠悠的尾巴上爆发了。那几天爸爸出差去了，这就完全成了属于两个女人之间的战争。妈妈从要我早点休息开始说起，一路喋喋不休地说到考研的问题，那是八百年以后的事了。因为爸爸不在家，连一个劝架的人都没有，所以那天我们吵得非常厉害。我平时很少见妈妈跟别人吵架，她一动怒就会脸红。妈妈皮肤不白，所以每回吵架她脸上就会有一种奇怪的温和的红晕，那要比害羞的颜色深一点，而且会一直红到脖子根。

其实，有些话我一说出口，就知道过分了。但是吵架是门错位的艺术。永远是你说得对的时候她跟你吼；而她对的时候，你又没道理地乱叫。最后我们都以不理对方作为停止争吵的标志。妈妈吵架时通用的技巧是，结束前她会象征性地让一下步，如果那时我认错了，那么一切相安无事。但我选择了不回应，冷战如期而至。

两个人在家互相不搭理，这滋味是不好受的。比较简单实际的办法就是煲些什么东西给妈妈吃，就煲个粥吧。这就是我第二天煲粥的全部原因。

我从超市买了胡萝卜、茄子、生菜、皮蛋和肉末，忙了整整一个下午，算是煲了锅所谓的皮蛋瘦肉粥。接下来要做的就是端锅上桌，然后意思一下，道个歉就行了。一直到晚饭前我确实都是这么想的。

妈妈下班回来依旧没有笑容，她没跟我多说一句话。妈妈炒好了菜，我们像平时一样坐下来一起吃饭。这是我们吵架后第一次一起吃饭。没有给对方夹菜，也没有说话，我甚至怀疑我们会这样一直安静地坐到一切结束。我们几乎跟鱼一样不发出任何声音。就这样吃完饭，洗完碗，然后睡觉，然后明天重复今天，然后我回北京，然后一切结束。我觉得自己很傻，莫名其妙地煲了一锅粥，她根本不买账，照样吃她的饭，从不抬头看我一眼。我第一次意识到家里的餐桌这么长，长得离谱，我和妈妈就坐在它的两头，像海豚的两只眼睛，谁也看不到对方。

因为爱·母爱

妈妈起身去厨房盛饭,我才猛然想起那锅粥。绝对不能让她知道还有那锅东西的存在,否则她一定会明白那是道歉的证据,会洋洋自得,而事实上我那时已经完全没那个心情了。

"砂锅里你弄了什么东西,要干什么用的?"妈妈的口气很硬,里面还包含着我不能忍受的优越感——她什么都知道了。

"没什么,中午吃剩的,我自己吃。"我还是嘴硬,但很明显,最后一句是此地无银三百两。

妈妈端着碗从厨房里探出头来,看着我说:"要热一下的。"然后又转过身,之后我就看不到她了,厨房的门挡住了我的视线,我只听见开煤气的声音,一下,两下,煤气灶很久都没点着。

"不用你,我来。"我几乎是跳起来的,感觉妈妈是在向我示威,好像没有她我就不行一样。

我跳起来冲进厨房,那样子果真是气势汹汹的,可能是妈妈听见了我的话,她正端着碗准备出来。我们就这么一撞,一个要出来,一个要进去。妈妈手里的碗一斜,眼看就要掉到地上了。我忙往旁边闪躲,妈妈忙用另一只手挡着,碗没掉下去,软软的米饭被妈妈挡在了怀里。

妈妈挡住了碗没让它往我这边倒,这是她的第一反应;而我,本能地躲开了。我抬起头,妈妈还是没说一句话,她在把粘在身上的米饭一粒粒拿掉。我闻到了一股很好闻的味道,是米饭夹带着妈妈身上的味道,软软香香的。

我突然发觉自己可以很容易地越过她的头顶看到后面厨房的一切。我和妈妈一样高了,那是一种非常奇妙的感觉。我突然站在妈妈的高度去看周围的一切,似乎自己是突然间长高的。那一瞬间,我别的什么都没想,只想马上道歉,为我的毫无道理的发火,为我的顶撞,为我的所有的不对。

但事实上我什么都没说,甚至没挪动一步,而妈妈也就一直低着头捡饭粒。时间像是完全凝固了。安静开始升腾,一直向上升腾,然后变得让人难以忍受。此时只要谁说一句话就足以使死掉一般的安静爆炸。但是没有,谁也没有。我觉得自己像要消失在安静的阴影当中,一直变小,一直变小,最后变得什么也没有。

妈妈是什么时候走出厨房的我都不知道。我一直待在厨房里,等粥端出去的时候,桌上已经摆好了两只空碗……没有谁解释,妈妈就是妈妈,她明白女儿所有的小心思。

夜深了,火车晃啊晃的,周围的人都睡了。坐直身子,一直扭头看窗外的姿势的确让我吃不消。晚上开动的火车会很安静,过道上各类鞋子与地面亲吻的摩擦声带出了纷杂潮湿的旅途意味。口袋里有震动,是妈妈的短信:注意行李,你有两个包,一个箱子,下车时要好好检查,别落下。车票要放在容易取的口袋里,出站时用。粥很好喝,以后可不用放茄子。旅途劳累,好好休息。妈妈发短信不会加标点,所以是全部连在一起的,我费了好大的劲才看明白。

突然想起那天晚上,我和妈妈是在客厅里吵架的,最后她先回了自己的卧室。过了很长时间我还能听见她的脚步声,她的卧室与饭厅只隔着一堵墙。她一直没睡。她的脚踩在没有地毯的地板上发出踢踏踢踏的响声。那声音一直拉长,一直拉长,然后像变魔术一样从家里的地板绕到现在的火车上,最后在我胸口的地方停了下来,溢出由细线勒裹的密不透风的隐隐疼痛。我很轻地叫了一声,真的很轻,但我自己听得很清楚。我没有后悔那天没有及时向妈妈道歉,好像一下子明白了妈妈。

她不需要道歉,因为所有的一切她都明白。

因为我是她的女儿。

母亲的手

庄 因

母亲的手，在我有生以来的深刻记忆中，是对我施以惩罚的手。孩童挨大人骂、挨大人揍是难免的，但我却怎么也想不起任何挨母亲打的片段来，连最通常的打手心、打屁股都没有。虽如此，母亲的惩戒更甚于打，她有揪拧的独门绝招。我说绝招，是她揪拧同时进行——揪起而痛拧之。揪或拧，也许是中国母亲对男孩子惯用的惩戒法，慈母在望子成龙的心理压力驱使下，总会情急而出此招。

我的母亲也如天底下数十亿个母亲一样，对我是"爱之深，责之切"的。特别是小时候，国有难、民遭劫，背井离乡，使得母亲对孩子们律之更严、爱之愈切、责之越苛。有一年，家中来了远客，母亲多备了几样菜，这对孩子们来说，可是千载难逢的好机会。我因贪嘴，较往常多盛了半碗饭，可是扒了几口，却说什么也吃不下了。隔着桌子，我瑟缩地看着母亲。她看上去平静而肃然，对我说："吃完，不许剩下。"我摇头示意，母亲立刻变得失望懊恼，但仍只淡淡地说："那就下去吧，把筷子和碗摆好。"在大人终席前，我不时偷望母亲，她的脸色一直不好，也不言笑。

到了夜里，客人辞去，母亲控制不了久压的情绪，一把拽我过去，没头没脸地按我在床上，反剪了两臂，上下全身揪拧，而且不住地说："为什么明明吃不下了还盛？能吃饱多么不易，你知道街上还有要饭的孩子吗？"揪拧止后，我看见母亲别过头去，坐在床沿气结饮泣。从此以后，我的饭碗内再没有剩过饭。

当然，母亲的手，在我的感情上也有其熨帖细腻的一面。那时，一家大小六口的衣衫裤袜都由母亲来洗。一个大木盆，倒进一壶热水后，再放入大约三洗脸

母亲的背是最安稳的床

盆的冷水,一块洗衣板,一把皂角或一块重碱黄皂,衣衫便在她熟巧的十指下翻搓起来了。安顺当时尚无自来水,住家院中有井的自可汲取来用,无井的便需买水。当时街上有担两木桶水,水面覆以荷叶的卖水人。我们就属于要买水的异乡客。寒冻日子,母亲在檐下廊前洗衣,她总是涨红了脸,吃力而默默地一件件地洗。我常在有破洞的纸窗内窥望。每次之前,母亲总将无名指上那枚结婚戒指小心取下,待把洗好的衣衫穿上竹竿挂在廊下时,她的手指已泡冻得红肿了。

同样是那双结满厚茧的手,在微弱昏黄的油灯下,毫不放松地督导着我们兄弟的学业。粗糙易破的草纸书,一本本、一页页,在她指间如日历般翻过去。在小学三年级那年,我终因功课太差而留级了。记得把成绩单交给母亲时,我没有勇气看她的脸,低下头看见她那只拿着"历史实录"的手,颤抖得比我自己的还厉害。可是,出乎意料地,那双手却轻轻覆压在我头上。我听见母亲平和地说:"没关系,明年多用点功就好了。"我记不得究竟站了多久,但我永远记得那双手给我留下的深刻印象。

冬夜,炉火渐尽,屋内更加寒冷,待我们上床入睡后,母亲坐在火旁,借着昏黄的灯光,开始为我们缝补衣袜。有时她用锥子锥穿厚厚的布鞋底,再将麻绳穿过针孔,一针一针地勒紧,那痛苦的承受,大概就是待新鞋做好穿在我们脚上时,所换得的欣然的透支吧!

去年夏天我返回台湾时,注意到母亲的手上添了更多斑纹,还有点颤抖,那枚结婚戒指竟显得稍许松大了。有一天上午,家中只剩下母亲和我,去厨房沏了茶,倒一杯奉给她。当我把杯子放在她手中时,第一次看清了那双手,却不敢轻易去触抚。霎时,那双手在我眼中变得硕大无比,大得使我为三日后的离台远行找到了恒定的力量。

母亲的手,未经过任何化妆品的润饰。惟其如此,那才是一双至大完美的手。

从此不与爱抗争

宁 子

一

我正低头叠纸飞机叠得起劲,忽然听同学说:闪!我迅速偏头,一个粉笔头擦着我的耳朵飞过去,便听得后面一个男生"哎呀"一声,那个粉笔头重重地砸在他脑门上。

同学都笑了,我也笑得很得意,可是只笑了两声,头顶便结结实实地挨了一巴掌。俞老师说:"我让你闪!一边站着去。"

我乖乖站起来,低着头走到墙边。俞老师狠狠瞪我一眼,我只好抬头看黑板,俞老师写了一黑板的数学公式。

那天晚饭时,我照例被俞老师声色俱厉地批评:"佟来,你就不能老实一会儿,你就不能好好听课,你就不能给我争点气?"

"佟来!"她一巴掌拍在桌子上,"你嘟哝什么呢?"

我一紧张,从凳子上滑下来。我说:"俞老师,你让我坐后面吧,我个子太高了,坐第一排都挡住后面的同学了。"

"坐第一排我都看不住你,坐后面你还不翻天了?"她愤怒地指着我说,"在家不用你叫我老师。"

"哦。"我小心翼翼地重新叫了一遍,"妈。"

她拂袖而去。

二

那时候,我觉得没有比有个当老师的妈更糟糕的事了。而且,她还是我的班主任。她还那么厉害，尤其对我。如果我能选择，我宁愿我妈是个不识字的农妇，我也宁肯去镇子那头的另一所小学读书，我不怕远。可是那时我太小，什么都无法选择。

因为俞老师，我的日子过得很不快乐。也说不上为什么，在成长的那些年里，我是那样地热衷于"玩"。因为贪玩，俞老师几乎把世上所有的好话坏话说尽了，我却怎么也改不了。刚挨过她粉笔头的袭击，半天不到，上课我又开始做小动作。

挨粉笔头和罚站，成了我的家常便饭。

小孩子的缺点确实很难改，好不容易上课安稳了，下课又翻了天，爬墙、上树、打架……一样都少不了。同学频繁去告状，随后我就会被揪到办公室，当着许多老师的面挨批。俞老师说，我怎么生了你这么个孩子？

显然，我们都对对方不满意，但是有什么办法呢？我们只能这样磕磕绊绊，以一种对抗的姿态在一起过日子。那时候，因为是她的孩子，监督我的人很多。所有老师都爱说：佟来，要给你妈争气。所有同学都会说：老师的孩子都那样，我们也那样……

在她的严教和繁杂的"舆论"底下，小小的我度日如年，一心盼着长大。

三

我终于在俞老师的"镇压"下读完了小学。毕业考试，语文竟然考了全班第一，只是数学成绩比较糟糕，让俞老师挺没面子。我却顾不上她的面子，在心里暗暗欢呼：我自由了！

但是我没想到，我们那个镇子小得可怜，小学和中学离得不远不说，我的新班主任竟然是俞老师的高中同学，她是专门让同学把我放到那个班里，方便监督和管教我。于是我的中学三年变成了小学生活的延续。

这些约束都好接受，让我难堪的是，俞老师每周都要到我们学校探访，少则一次，多则几次。去的时候，总会详细过问我的学习和遵守纪律情况。

我们班有几个同学是她以前的学生，他们认得她，于是一起嘲笑我，并把我小时候频遭粉笔头袭击的事绘声绘色地描述。这让我在中学里威信扫地。十三岁起，我便下决心走出这个俞老师能够频繁活动的镇子。走出去的唯一办法，便是考出去，去县城读高中。

四

离开她的念头，竟然成了我这样一个顽皮孩子的动力。我开始漠视她的频繁造访和同学的嘲笑，为脱离她的视线而拼命努力学习。

初中毕业，我以全校第三名的成绩被县重点高中录取。

成绩下来，她吃惊地看着我。她没想到在她眼里一无是处的儿子，竟然可以考上县重点高中。她的眼神里，甚至有一些陌生的成分，好像眼前站着的、比她高出半头的男孩不是我。好半天，她抬手伸向我的脑袋，似乎想抚摸，又觉不妥，放下了，喃喃道："佟来长大了，佟来懂事了……"声音轻柔，不像以往。

那一刻，我眼前的她，亦是有些陌生的。没有发现什么时候，我比她高了那么多；什么时候，她的眼神不再那样凌厉。她看着我，有些喜悦，有些安慰，有些不知所措。

那是我最惬意的一个暑假，我做了许多想做的事。我看出她眼神中的那丝气愤，我却不再像以前那样回避，不再唯命是从。因为成绩出色，因为从此以后可以不再被她掌控，我终于也傲气起来；不再躲避她的眼神；不等她发火就站起来，以高出她半头的个子压倒她的火气……

也许是因为我的举动和我不再臣服的眼神，她最后竟然都忍住了，和我对视片刻，一言不发地走了，偶尔轻轻叹口气，轻得几乎听不到。

那个暑假，我觉得自己终于争取到了和她接近平等的地位。

五

县城离镇子三十公里，我住校，不用每个周末都回去。俞老师终于无法控制我了，我开始暗自得意。

高中的学习向来紧张，我却只觉得自由，也只追逐自由。在那所颇有名气的中学，我只想玩个痛快。看课外书、打台球、看电影……然后，我成了班里第一个学会网络游戏并为之着迷的学生。

起初，我只在不回家的周末去网吧，之后晚上也偷偷溜去玩一会儿，再后来，便开始逃课……然后开始被批评、责备、通告……高一下学期，我在网吧和别人打架，打到头破血流，场面难以收拾，学校终于做出了开除我的决定。

母亲的背是最安稳的床

我这才意识到事态的严重，灰溜溜地逃回家里，对她说出了实情。之后，把头低下去，等着她的责骂，等着她的愤怒，等着她的疾风骤雨……

过了半天，没有任何声音。我吃惊地发现，她正站在我面前流泪。那是我第一次看到她哭，她不发出任何声音，眼泪一颗颗滚着，像个受尽委屈的孩子。

妈。我害怕起来，怯怯地唤她一声，以为她会立刻爆发，会寻了东西狠狠打我。

她却不动，就站在那里掉眼泪。直到我又喊了她一声，她似乎醒悟过来，忽然伸出手一把握住我的手腕，声音颤颤地说：佟来，快走，带我去找你们校长。她扯着我，几乎是跌跌撞撞地朝外面跑去。

六

那天，她竟然差点儿给校长跪下。她认错、乞求，说尽了好话。记忆中那么骄傲的俞老师，在我的校长面前，卑微如草芥。她求校长能再给我一次机会，看在她这个有二十年教龄的老师的分上。她把责任都揽到自己身上，她只想代我受过。

我看着她为我低声下气地求着校长，看着她为我放弃自尊，看着她终于再次流出眼泪，哽咽着说：校长，求求您了！

我紧紧抿着唇，所有年少的叛逆，在那一刻被她卑微的眼泪和乞求击打成碎片。那一刻，我心如刀割！

七

之后，我再也没有犯过错。带着赎罪的心，我拼命努力读书。两年后，我以优异的成绩考上了北京一所大学。

大二开学不久，在我的极力邀请下，她去北京看我。

我去接她。一出站，她就紧紧拉住我的手，像个怕走丢的孩子。出了地铁站，她仰起头来看着身边的摩天大楼，喃喃地说，北京好大，人真多，比电视上还热闹……我这才想起，做了二十多年小学老师的她，好像从没有去过大城市。曾经，我觉得她很厉害，会做那么复杂的数学题。原来，她却是没有见过世面的。她忽然不自信起来，我领她回宿舍，她小声问我，你看我穿的这衣服行吗？要不要先去买一件换上？

我说:"很得体,很好看。"

我实话实说,她还是不自信:走到宿舍门口,又停了停,整整头发、拉拉衣服,然后弯下身去擦皮鞋上的一小块灰尘。在我面前弯曲着身体的她,明显有些笨拙了,和当年拿着粉笔头迅速出手的俞老师判若两人。一丝丝白发,在许多黑发中间异常醒目。

我心一酸,将她拉起来。妈,不用擦了。她看着我,还是有些不安,小声说,你们学校可真大,学生真多……那眼神,明显地自卑,又带着讨好我的成分。小时候我一直以为她过于坚韧、过于冷漠、过于顽固,而那一刻我发现她是那么脆弱、那么柔软、那么不堪一击。小时候我一直想打败她,现在知道原来打败她那么容易,只用成长和些微的努力,就让她不安、惶惑甚至慌张起来。

我伸出手,将她拥在怀里,让她靠着我的肩头,拥着她一起走。从此以后,我不会再和她抗争,不再和一颗爱我的心抗争。

永不!

母亲让我快乐魔术

刘 谦

十二岁时，我在台湾拿了我的第一个魔术奖。母亲特意做了一顿丰盛的晚餐奖赏我。我双手在她面前比画着，得意地说："妈，您现在还烦不烦呀？"

我说这话是有"来头"的。

我刚开始练魔术，纯粹是出于孩子好奇的天性。这种天性每个孩子都有，不过有的被家长"扼杀"了。我父母都是普通职员，在这一点上，倒还比较开通，虽没鼓励，但也不是绝对禁止。我就经常给母亲变一些小戏法。母亲要工作，有时会不耐烦地把我推开，说："到一边去，妈没工夫看。"可过了一会儿，她又主动拉过我来，说："好了，现在妈有时间了，让我看看你又学会了什么新花样。"

那次拿奖后，母亲跟我严肃地谈了一次话："谦儿，你觉得你将来靠魔术可以养活自己吗？"

我摇摇头说："不能！"母亲脸上露出微笑，说："谦儿，这话不必说得那么绝对。世上不管是什么东西，只要你学得、做得比人家好，就能养活自己。妈想告诉你的是，要想知道和解开这个世界的奥秘，光靠魔术是不行的。"

母亲的意思我明白：光靠雕虫小技是养活不了自己的，得掌握这个世界的"奥秘"。于是，我开始拼命学习，学习自然科学知识，学习语言、艺术。西方一位哲人说过，通向世界奥秘的途径只有两条：科学和艺术。在这一点上，我妈也不亚于大哲人呢，只不过她的道理带有母爱的至高情怀。

我毕业于东吴大学日语专业，还学过唱歌。毕业后，一直没有找到合适的工作。斗转星移，母亲已有了白发，这激发了我的男儿心。好在这时科学、语言的"底子"

因为爱·母爱

也打下了，我认为可以靠魔术来养活自己了，甚至立下雄心壮志：要成为一位有创造性的世界级魔术大师。

一开始，赚钱是很少的。在舞台上，我一脸严肃，带给观众的只有惊奇，很少有笑声。渐渐地，我的精神和心境都处于一种疲惫状态。

一天晚上，我参加完一场表演后回到家，母亲已做好了红薯等着我。唉，现代都市生活，早远离了粗茶淡饭。但是，想起小时候吃红薯时的快乐，还是齿间生香。母亲说，朱元璋在当了皇帝后，想再尝一遍他当乞丐时吃的煨红薯，可是发现味道大不如前。为什么呢？做乞丐时饥肠辘辘，红薯大概就是人世间最好吃的东西了；可当了皇帝后，想吃什么山珍海味没有？但这时味觉已经大变，最缺少的反而是那种简单的快乐了。

母亲说："谦儿，看你的魔术，观众很紧张。但他们走进剧场，肯定不是为了寻找紧张来的，主要还是来寻找快乐的。可你没给他们带来快乐，所以妈妈希望你在舞台上表现出轻松、快乐的一面。"母亲还说："笑是两人间最短的距离。如果你除了惊奇之外，还能给观众带来快乐和笑声，你才是真正成功的！"

我恍然大悟！疲惫，竟来自于不快乐。怎么才能在舞台上表现出快乐的一面？这就是我后来在舞台上不断摸索和锤炼出来的超强幽默和招牌式笑容——它们使我的语言充满魅力，也别具一格。在奇迹还没有揭开时，其实我已经给观众制造了数不清的快乐和笑声。

直到后来我才明白，母亲的这番提醒和告诫，其实包含着一种浓浓的深情。

我在日本表演手喷火时，因为那里空气潮湿，导致道具燃烧不彻底，手被烧伤；而在长沙表演"死亡逃脱术"时，我要在炸弹爆炸前逃出铁链，由于出现意外，出来时脖子被铁链钩着，差点丢掉了性命……这样的危险不知经历了多少次，所以母亲怕看电视转播，她常说："别人看你表演魔术要付钱，我看你表演，你要给我钱，因为这对我是一件苦差事……"正因为这一点，母亲才更希望看到我在舞台上的笑容和幽默，这样才能减轻她的担心和煎熬。

我的口头禅是："接下来，就是见证奇迹的时刻。"这是舞台上的话，生活中，我更希望自己常说的是："哪怕没有奇迹，你也要快乐和笑口常开！"因为母亲希望我如此。

母爱创造的奇迹

田祥玉 / 编译

2009年1月9日深夜1点钟,约翰·拉德克里夫医院3楼尽头的那个房间里,一个名叫艾雅·珍妮的孩子降临世间。那是一个体重只有950克、早产13周的女婴,她的皮肤通透嫣红,大大的眼睛深邃而宁静。孩子的母亲珍妮,两天前突发脑溢血不治身亡。

妻子生前最大的心愿就是成为一位母亲,所以索里曼请求医生保住孩子,他愿意不惜一切代价帮助死亡的珍妮,圆她一个做妈妈的梦想。想成为母亲的女人是不会死亡的,她的身体就是胎儿最好的保育器。医生通过呼吸机让已经"脑死亡"的珍妮的心脏保持跳动,同时注入大量的类固醇,使其腹中的婴儿的肺部继续正常发育。

在漫长得令人绝望又短暂得令人激动的48小时里,珍妮听不见、看不见,不能说话,更不会动,但她面色红润、呼吸匀称,她的心脏依然跳动,腹腔依然温热。孩子顺利降生,当医生宣布孩子的各项指标都正常健康后,依然戴着呼吸机的珍妮突然心跳停止,她柔软温热的身体,从此变得僵硬冰冷。

现年41岁的珍妮,曾是1989年英国自由滑冰锦标赛的冠军得主。此后10年,珍妮的成绩一直排在世界前8名之内。这个美丽简单的女人,5岁爱上滑冰,从此执拗地喜欢这项运动,她没有时间恋爱。珍妮常常跟人开玩笑:"我根本没有时间恋爱啊!但我又那么想当一个妈妈。要是在溜冰场上来几个漂亮危险的动作就可以怀孕,那该多好啊!"39岁时,珍妮嫁给了小自己12岁的男友。因为这个英俊腼腆的男子跟她说:"嫁给我,跟我生一个小孩吧!"

婚后，珍妮如愿以偿地怀孕了。怀孕的日子，珍妮是快乐的。这份快乐，大家都看在眼里，"她整天兴高采烈的，做母亲对她来说，意义超过了一切。在很长一段时间里，想象与孩子生活在一起的场景，成了她唯一的乐趣。"

医生将女婴轻轻放在珍妮的肩头，让这对生死永隔的母女有唯一、也是最后相拥的机会。如大海一般深远又忧伤的声音突然响起，是小艾雅的哭声。除了艾雅，这世间恐怕再也没有一个婴儿的哭声，像深邃又孤寂的大海那样忧伤吧。医生拍了拍珍妮冰冷却微笑着的脸，然后将艾雅抱走。此后很长一段时间，艾雅都要在医生的照顾下待在保温箱里。对这个可怜又幸运的孩子来说，保温箱不会说话不能活动，一如她降临前两天就已经死去的妈妈温暖的腹腔。

索里曼俯下身亲吻亡妻，他能嗅到她嘴唇里优柔婉转的气息，他能感到她调皮羞怯地噘起了嘴，他还看到有眼泪从珍妮的眼角缓缓涌出……索里曼的眼泪滑过微笑的脸，轻声安慰妻子："睡吧，亲爱的。我们的艾雅一定知道：她的妈妈无比美丽和坚强，因为美丽和坚强，所以她永远都不曾离开。"

珍妮的葬礼于 2009 年 1 月 10 日举行，到场的 300 多人没有一人哭泣。她刚刚做了母亲，怎么会死呢？"如果这一生我有幸做了母亲，那么请一定不要在我的葬礼上哭泣。因为做了母亲的女人，将永远活在孩子的笑容里。"这是珍妮的遗言，索里曼把这句话刻在了她的墓碑上。

珍妮，这位创造了奇迹的母亲，她永远不会死去。

一日重生

〔美〕米奇·阿尔博姆　吴　正 / 译

妈妈为我们做了多少？我们为妈妈做了多少？也许真的需要列一张清单。

妈妈过世多年后，我给自己列了两张清单，一张单子上列着妈妈为我挺身而出的事情，另一张单子上列着我没有为妈妈挺身而出的事情。很悲哀，两张单子的长短差距很大。为什么对于爸爸妈妈，孩子会向其中的一个索取很多很多，而对另一个，却没有太多的要求呢？

妈妈为我挺身而出的事

5岁。妈妈和邻居说话，我到后院玩耍。突然，有只牧羊犬钻了出来，冲着我大声叫，"汪，汪，汪！"拴它的绳子都要被它拉断了。

我哭叫着跑出去，妈妈冲了过来，她陪我回到后院。狗就在那里，我吓得往后缩，妈妈却拽着我向前走。

然后，她"汪汪汪"地学着狗叫。

狗呜咽了一声，蜷起身子。妈妈转过身，说："查理，你得让它们知道谁是主人。"

我没有为妈妈挺身而出的事

六岁。万圣节。学校组织游行。

"给他买套衣服吧。"爸爸说。但妈妈说："不。"因为这是我第一次参加万圣节活动，所以她决定亲手为我做一套特别的衣服——木乃伊外套，因为木乃伊是我那时候最喜欢的恐怖形象。

她弄了些白色的旧纱布和旧毛巾,把它们扯成条状,把我包裹起来,然后再用安全别针固定住。她又把许多卫生纸和透明胶带缠绕在我身上,花了很长时间才弄完。

游行的时候,天突然下起了雨。卫生纸化了,布条滑下来,露出了宽松的花短裤——那是妈妈的意思,因为她觉得那样的短裤更舒服。

孩子们叫嚷着嘲笑我。我的脸通红,希望自己能够立即消失。

走回学校操场的时候,家长们都已经拿着相机在那里等着了。我湿漉漉地披着一堆烂布条和碎纸片出现了。我看到了妈妈,眼泪夺眶而出:"你把我的一生都给毁了!"我冲她嚷道。

我没有为妈妈挺身而出的事

我爸妈年轻的时候,正值二战爆发,爸爸参军入伍。战争快结束时,他给妈妈写了封信求婚,妈妈答应了他。

不久,爸爸回家了。过了几年,他又离开了我们。那个时候,妹妹吕贝塔只有六岁。

圣诞节的前一晚,妈妈嘱咐吕贝塔十点钟的时候千万不要去客厅——这自然意味着,吕贝塔会在十点不到的时候悄悄从床上爬起来,像个小夜鹰一样偷看客厅里到底会发生什么。

我跟在吕贝塔后面,拿着一个手电筒,听到了轻微的声音。妹妹紧张地喘气。我拧亮了手电筒,看到妈妈穿着圣诞老人的衣服,背着一个枕头套做的礼物袋,她压着嗓子低声说:"驾!驾!驾!是谁在那里?"

不知为什么,我把手电筒的光打在妈妈的脸上,她只能抬起一只手去挡光。

吕贝塔小声哀求道:"关掉手电筒!你会把他吓走的!"

我觉得这一切都很荒谬,难道从此以后一切事情我们都要假装吗?假装我们的餐桌坐满了人;假装扮演圣诞老人,而且还是女扮男装;假装我们还是一个完整的家庭,虽然1/4个角已经没有了。

"那是妈妈。"我残忍地说。

"不是的!"吕贝塔说。

"驾!驾!驾!"妈妈还在做最后的努力。

"你这个傻瓜,圣诞老人不可能是女的。"

手电筒的光一直没有离开妈妈,我看到她垂头丧气的样子。吕贝塔哭了,妈妈发出"你们没有爸爸了"的声音。

我没有为妈妈挺身而出的事

十四岁。她发现了我的香烟。

"查理!我告诉过你,小孩子不要抽烟!"

"你是个虚伪的人。"

"请你不要用那个词。"她说。

"你自己不是也抽烟吗?你就是个虚伪的人!"

这件事情发生的时候,她已经脱下了护士的白制服,在美发厅找到了一份工作。她穿得比以前时髦了,我恨这些衣服。

她喊道:"今晚你别想出去!"

"我无所谓!"我瞪着她,"为什么你非得穿成这样?你让我感到恶心!"

她给了我一巴掌。

"是吗?你就是这么看你妈妈的吗?"

我逃了出去。等我再回去的时候,我听到她在卧室里面哭泣。我走进我的房间,香烟她没拿走,我点上一支,也哭了。

妈妈为我挺身而出的事

一个夜里,我突然听到妈妈和妹妹压低了嗓子,呼唤我。

"查理,你的棒球棍在哪儿?吕贝塔听到有动静。"

"屋里有贼吗?"

我的心跳一下子加快了,指了指衣柜。她找到了我的球棍,妹妹跳到我的床上。妈妈轻轻推开门。我很想告诉她,她拿球棍的姿势错了,但她已经出去了。

贴着墙壁,我听到了一些声音……说话的声音?一个男人的声音?

一会儿,我听到了关门声。

然后妈妈走过来,摸摸我的头,抱着妹妹。妹妹还在哭。

"是谁?"我问。

"没人。"她说。但我知道她在说谎,我知道是谁来过了。

为了这件事,我一直很生她的气,一直到我长大成人离开家的那一天。我生气,是因为她没有让爸爸留下来。

我没有为妈妈挺身而出的事

我没有告诉妈妈,我在参加棒球比赛的时候,看到了爸爸。

爸爸看我打了好几个星期的比赛。有一天,他对我说:"问问你的教练,能不能让我开车送你回学校?"

那一刻,我可以有很多种回应。但是,我却按照他的话去做了。

我没有为妈妈挺身而出的事

我应该铲起一点土,撒在妈妈的棺材上。妈妈觉得这个仪式能够帮助生者从精神上去怀念死者。

我拿起铲子,不知所措。我看了看妹妹吕贝塔,她的身体明显在颤抖。我看了看妻子,她低头看着自己的脚,泪水一串串从脸上滑落,只有女儿看着我,她说:"你连'再见'都没有和她说。"

我拿着铲子,但拿着那把铲子的不应该是一个对妈妈撒谎的儿子,不应该是一个冲着妈妈发火的儿子,更不应该是一个为了满足疏离已久的父亲的异想天开,而从母亲身边溜走的儿子。那个拿着铲子的儿子,那天应该和他的老婆睡在妈妈家的客房里,早晨起来和家人一起吃早饭。在妈妈倒下的时候,他应该在现场,他有可能救妈妈一命。但他为了爸爸的一个电话,撒谎说公司有事而溜出去参加球赛了。

妈妈为我挺身而出的事

在我人生的最后几年,我知道了一个真相:爸爸入伍时,结识了当地的一个意大利女人,战争使他在那个女人的怀抱和意大利面条中寻求安慰,他们还有了一个儿子,而我,只是他的第二个儿子。

爸爸后来把那个女人接到了美国,妈妈发现后,让他永远离开我们的家。

我时常想起爸爸从前总是逼迫我做一个选择:"查理,你是愿意做妈妈的好

母 亲 的 背 是 最 安 稳 的 床

宝贝,还是爸爸的乖儿子?"那时,我选择了做爸爸的乖儿子。

"我做了一个错误的选择。"多年后,当我对自己的内心轻声诉说时,我听到一个声音在回答我。那是妈妈的灵魂在说话。

"一个孩子不应该面对那样的选择。"她说。

让我看着你

王焕伟

从母亲住进我们医院的那一刻起,我就后悔自己当初选择的职业了。有那么多的患者能在我的手上康复,而母亲的病,却让我无能为力。

母亲的生命进入倒计时阶段,她的癌细胞已扩散到整个胸部。她大口大口地咳,把她鲜红的生命汁液一点点咳尽了。母亲每咳一次,我的心就被绞杀一次。我能为你做些什么,哪怕能替你挨一个小时的疼痛,让你睡一个小时的安稳觉也好。可是,我什么也不能,只能白白地担着那家医院最好的外科主治医师的名誉。我丝毫没有办法留住母亲。

午后的阳光照在洁白的病床上,我轻轻地梳理着母亲灰白的头发。母亲唠叨着她的身后事。她说她走后不要待在城市里,因为这里太吵了,她要找一个有山有水的地方休息。她说她早在来之前就已准备好了自己的老衣,可惜还少了一条裙子,希望我们能尽快给她准备好。说这些的时候,母亲的脸上始终挂着平静祥和的笑,不像是谈死,倒像要去赴一个美丽的宴会。我的泪,再也忍不住,一滴又一滴地落到母亲的头发上。母亲爱美爱干净,一辈子都没有改变过。离开,都不忘记要体体面面地去。

母亲的病房,离我的办公室仅有几步之遥,可她从来没有主动要求我去她的病房。每一次去,她还忙不迭地向外赶我,她说还有很多病人等着我。

她嘱咐我一定要像对待自己的家人那样对待病人。其实,我很清楚,每一次离开母亲的病房,身后那双依依不舍的眼睛都会随着我的身影一直拐过屋角。我用分钟来计算着和母亲相守的幸福,母亲却用秒钟来计算着能看到我的时光。有时候，她会硬撑着下床来，悄悄地站在我办公室的玻璃门外，静静地看着我。那是我几次偶然抬头时看到的。与我的目光相遇时，母亲马上像个孩子一样退回去，费力地转身回到病房。母亲在拼着最后的力气关注我。

那天与一位病人的家属争论，也许是因为自己情绪太激动了，竟忘记了和我只有几步之遥的母亲。有一个年轻的女孩子急需眼角膜，恰巧医院里来了一位生命垂危的年轻人。出于一个医者的责任，我劝那个年轻人的家长捐献出孩子的眼角膜。年轻人的父亲同意了，不想他的母亲却发疯般地找到我，说我根本不配做一名医生，也不配做一个女人，因为我根本不懂得一位母亲的心。

她说她绝不允许任何人动她儿子一根毫毛，哪怕他不在这个世界了。我从医以来，什么棘手的问题都碰到过，却没遇到过这么难办的事情。一边是女孩的母亲苦苦哀求，一边是男孩的母亲拼命守护。最后，也许被我劝得急了，那位悲痛得发狂的母亲突然大声地说："你觉悟高，怎么不让你的家人来捐献？"我一下子愣在那里，顿时失声。是的，平心而论，我能那么做吗？

母亲是何时出现在我办公室门口的，我竟然一点都不知道，直到听到那声熟悉的呼唤。我抬起头，看见母亲正泪流满面地立在那里："孩子，你看妈妈的眼角膜能给那个孩子用吗？"屋子里一下安静下来，几乎所有的目光都投向母亲。我几乎不敢相信，这话是从母亲嘴里说出来的。母亲最不能忍受的就是残缺，可她竟然情愿让自己残缺着离开这个世界。看大家都在惊愕地盯着自己，母亲的脸上忽然现出少见的一点血色。她挣扎着走到我面前，静静地盯着我看了足足有一分钟，然后，我听见母亲轻轻地在我面前说："孩子，我想看着你，让我看着你！"

泪水狂涌而出，我第一次在自己的病人面前失态。我知道，那是母亲临走之前努力为我做的最后一件事。除却那份依依不舍的深情，她更不想让我为难。

后来，那个男孩的母亲含着泪同意了把儿子的眼角膜捐献给那个女孩，因为她觉得她儿子的眼角膜毕竟比我母亲的年轻。更重要的一点，她说，她也想让儿子的眼睛，一直看着她。从我母亲的身上，她明白：爱，原来可以用这样的方式延续。

母亲的背是最安稳的床

你一看就是个当妈的

赵天祈

小学三年级的时候，老师问我妈是干什么工作的。我愣了半天，说："我妈？我妈……不就是个当妈的？"

真的，很久以来，我都以为妈妈只是个在家当妈的——洗洗涮涮，伴随着唠唠叨叨，偶尔写写弄弄。有一次，妈妈在杭州看一场演出，突然被两个哑剧演员请上舞台，让妈妈坐上太师椅客串母亲的角色。事后，他们对妈妈说，那天演妈妈角色的女演员因故缺席，他们只好在观众席中迅速"扫描"，一眼就看中了妈妈，还说："你一看就是个当妈的！"

于是我看到《北京青年报》上刊出了一张照片——一对来自北京、曾获国际最像人物比赛大奖的双胞胎弟兄，正在表演哑剧《出生》。照片上的妈妈很安详地弯曲着背，享受着这哥俩孝顺的捶击。我看了照片还哭了鼻子，大声责问妈妈，怎么又多了两个大儿子。事实上，妈妈给我留下的最深印象就是那弯曲着的背。她自己也说："妈妈的背理应是你童年的摇篮。"因为我小时候多病，一生病就趴到妈妈的背上。那时候，妈妈的背是一副担架，把我一次次抬进医院。当我遇到一些跨不过去的"河流"时，妈妈弯曲的背又变成一座桥，让我渡过难关……

在北京，一位阿姨给妈妈送来一辆自行车，说骑车带儿子吧，别背着，太累。于是妈妈就去买架在车上的宝宝椅。谁知一连转了三天也没见到。她只好弯着腰，去敲一个个邻居家的门，像一个要饭的，去讨一把别人用过的宝宝椅。遗憾的是仍然没有。原来，北京人爱用一种固定在自行车后面的金属宝宝椅，而妈妈想要的是用竹条编的那种，因为她怕铁椅子凉着我的屁股，使我容易生病。妈妈继续不屈不挠弯着背向别人讨，结果妈妈的精神感动了一位胖阿姨。有一天，突然传来了一声脆亮的吆喝："如姐，我给你讨来了！"只见那位阿姨两手各举着一把宝宝椅，像举着两面胜利的旗。那胖阿姨也是跑了十来户人家讨来的。

从此，妈妈在自行车后面驮着我，前面装着一个搁菜的兜兜。我总是看到妈妈弯曲着的背。北京的路那么长，我常常坐着坐着就趴在妈妈背上睡着了。我感觉这背上有家的温暖，也有单亲妈妈支撑这个家的许多无奈。那时我们住在筒子楼里，什么电器也没有。没洗衣机，我就跟妈妈去买搓衣板，记得至少跑了七八家杂货店才买到一块。至今我还记得妈妈弯曲着背，坐在一张小板凳上，前面是装满脏衣服的小木盆，盆中搁着那块搓衣板。妈妈正卷起袖子，在搓衣板上用力搓着……

当时我不知道，妈妈在中央电视台工作，偶尔出现的镜头里，妈妈很从容地采访着众多名流。听说妈妈年轻的时候，还有点傲气。因为有才有貌，所以头昂得挺高。自从有了我，头就一点点低下去，背就一点点弯下来……

直到现在，妈妈还经常为我弯下腰。上次我在学校闯祸弄破了手，血流不止。妈妈得知后，立即赶到学校。只见她弯下腰，对老师说："对不起，我家孩子又给你们添乱了。"到了医院，又弯下腰问医生："要不要紧？需要缝针吗？"我突然感到很对不起妈妈。因为是我，让妈妈操了太多的心。那天回家后我主动弯下腰对妈妈说："对不起，让您弯了太多次腰。我读了史铁生的书，他写书的全部动力最初来自一个愿望——要让妈妈骄傲一下。我也一定要让您重新直起腰，昂起头！"

妈妈笑容里含着泪，说："史铁生的妈妈可没等到让她骄傲的一天。妈妈并不是为了让你报答才来当这个妈妈的。我只想你将来成为一个站立着的人！只要某一天你在我的墓碑上写着：一个尽力当妈的……"

母爱巧克力

汪 洋 / 编译

一家名叫"天使之翼"的巧克力店开在了德安克镇。开店的是一对母女,母亲叫安雅曼,女儿叫阿努尔。

德安克镇环境宁静优美,但偏僻的地理位置使其鲜有外人到达。镇上的千余居民过着"世外桃源"般的生活,心地善良的他们熟识得就像一家人似的。突然出现的安雅曼母女,引起了德安克镇居民们的关注。

携着年仅八岁的女儿、来自纽约的安雅曼,全身洋溢着热情的气息。她是一位非常出色的巧克力师傅,能够做出各种样式、各种味道的巧克力。二十五岁那年,她与一名英俊潇洒的小号手闪电结婚。然而,女儿阿努尔不到五岁时,小号手便违背当初的誓言,丢下她和女儿离家出走了。

从此,阿努尔变得非常自卑,不再和母亲以外的任何人说一句话。经多方求医,安雅曼得知女儿在遭受父亲离去的创伤后,患上了严重的自闭症。医生告诉安雅曼,她女儿的自闭症并非一般的药物就能治疗,必须用真爱打开其心结,重新树立她的自信心。

此时的阿努尔经常将自己关在家里,并疯狂地爱上了巧克力制作。看着每天沉醉于巧克力制作的女儿,安雅曼心疼无比,她多希望女儿大胆地走到屋外的世界啊。"我不要出去,我不要看到那些目光!"听到女儿恐惧的喊叫,安雅曼意识到,那是因为女儿很在意周围的人都知道她们被抛弃的事。看着郁郁寡欢的女儿,安雅曼做出了决定:辞职,离开纽约,到一个谁都不认识她和女儿的地方去。

来到德安克镇后,安雅曼本想将女儿送进学校,但自卑的阿努尔拒绝了母亲的要求。不想让女儿孤独的安雅曼，经过一番思考后，决定利用女儿对巧克力制作的喜爱开一家巧克力店，并坚持要求客人需要的巧克力全由女儿制作。安雅曼将巧克力店取名为"天使之翼"，希望女儿阿努尔像有翅膀的天使一样，大胆飞到外面的世界去。小店开张前，阿努尔发现母亲每天黄昏时刻都要出去，直到深夜才回来。

在安雅曼和女儿阿努尔来之前，德安克镇还没有一家巧克力店。善良的居民在欢迎安雅曼母女的到来时，也被"天使之翼"巧克力店深深吸引住了。特别是店门口的墙壁上挂着一个可爱的背着一双五彩翅膀的天使，竟然和店主安雅曼的女儿长得极像。

德安克镇的居民走进"天使之翼"，不必说自己需要什么味道的巧克力，只需走到柜台前，看安雅曼转动柜台上的转盘。转盘表面用弯曲的线条和各种颜色画着很多动物、植物以及人物等图案。当安雅曼转动转盘时，顾客仔细看着转盘，在转盘停下来前，回答安雅曼的问题："请问您看到了什么？"在听到顾客的回答后，安雅曼能够很快猜出他的心意，知道他喜欢什么味道的巧克力。如果这个客人喜欢薄荷味道的巧克力，安雅曼会喊道："阿努尔，请给客人来一份薄荷味巧克力。"很快，从不与外人说话的阿努尔会为客人送来一份中意的薄荷味巧克力。

仿佛有着神奇的魔力一般，安雅曼可以从那个转动的小小转盘里，洞悉小镇上每个顾客的心思。德安克镇的人们越来越喜欢到店里来领略安雅曼的神奇，以及忧郁的阿努尔特制的巧克力。人们品尝后，总会用热情的眼神看着她说："这是我吃过的世界上最特别的巧克力！"

在德安克镇上，阿努尔每天都可以听到来自人们的真心赞扬。渐渐地，她的脸上会不由自主地露出久违的笑意。不久后，阿努尔勇敢地走到柜台前，帮母亲转动转盘，让客人回答看到了什么。阿努尔开始与陌生人交流，她的转变令安雅曼非常欣慰。

德安克镇的人们到"天使之翼"品尝美味的巧克力，几乎成为一种习惯。几年时间过去了，人们的赞扬让阿努尔变得无比自信。而此时，她也和母亲安雅曼一起，完全融入了德安克镇的生活中。

自信的阿努尔每天都带着迷人的微笑。德安克镇的人们见到她，总是亲切地将她叫作"巧克力天使"。在人们亲切的叫声里，阿努尔健康地成长着。二十多年后，不再自卑的她成了著名的心理咨询师。面对那些自闭症患者，阿努尔总是深情地讲起她和母亲的"天使之翼"。

多年来，有一个问题一直困扰着阿努尔，她制作的巧克力在德安克镇总是得到人们的称赞，可每每她品尝自己制作的巧克力，并没有觉出人们说的那么美味。一次，阿努尔终于忍不住把心中的疑问讲给了一个镇上的居民。那个居民给她讲了一个故事：二十多年前的数个晚上，德安克镇所有居民的家门都被一个年轻漂亮的女士敲开了，她告诉他们她将开一家巧克力店，邀请他们前去品尝，并请求人们无论巧克力的味道怎么样，都不要忘记赞扬这是他们吃到的最特别的巧克力。镇上的居民明白这位女士这样做的目的是为了女儿，无比感动地答应了她的请求。

阿努尔终于明白，为什么"天使之翼"巧克力店开门前，每天外出的母亲深夜归来时都很累，也明白了作为出色的巧克力师傅的母亲，为什么坚持要让她制作巧克力。善良的德安克镇人和深爱她的母亲一起，用热情塑造了一个自信的小女孩。

爱也悄然

李换运

我们村北口那棵古槐下,原是一座龙王庙的废墟,几十平方米大小的地方横陈着雕有祥云的断石和两尊被敲打得面目全非的石狮。因为这地方靠近路边,且有繁枝蔽空的大树供人们乘凉,那些不能去生产队干活的妇女们常常带着孩子或拿着针线活来这里度过漫长的夏日。

她们中间有位四十几岁的人,个子中等,长得瘦弱,一年四季差不多总是穿着灰色或蓝色的衣服。那衣服大概是在头几年,她还没有这般消瘦时做的,穿起来自然不那么合身合体。尤其在夏天,宽大的衣服套在枯瘦干瘪的身上,就像穿了松松宽宽的道袍,人也就有几分尼姑样。她的脸萎缩了,颧骨高高耸起,布满细纹,再加上颜色的蜡黄,越发显得难看。

我家住在村子最南头,离这里有半里来路,我却经常同邻居的一帮孩子到这里玩。累了,索性趴在树下的石头上乘凉。每当这时候,我发现这女人总是趁人不注意,用纤弱如纸的巴掌或是破旧的蒲扇遮着眼睛偷偷看我。现在回想起来,那不敢大胆直视,不敢长久盯着我的目光,竟流露着深沉的爱怜之情。有一两次,她似是觉出别的女人注意到她在看着我,窃窃私语着什么,便猝然别转脸去,低垂下眼睛,干瘦的嘴唇微微翕动着,很容易使人想起那些做了明知故犯的错事而受到大人数落的孩子。

有一次,我被比我年龄大的孩子打了,倚在树上呜呜咽咽哭个不停,别的女人骂着那孩子且来哄我,我看得出,她也是极可怜我的,很想过来哄我,好使我从心理上得到安慰。可是,她没有这样做,只是对身旁的女人低声说了句什么,长嘘一声,依然埋下头做她的针线活,不过手微微颤抖着,好半天穿不上线。

日子久了,我常想,她为什么总喜欢看着我,却又不像对别的孩子那般亲热呢?说来毕竟是刚上二年级的孩子,想不深,也不多想,自然探不出其中的缘故。意外的是,有一次她竟然对我亲热起来。那是一天下午,我和几个孩子去村北边的滹沱河里逮鱼。去的时候,我看到她和几个妇女坐在老槐树下乘凉。我们到了河边,玩了不长时间,就听到轰轰隆隆的雷声,接着有稀疏的雨点落下来。我心中害怕,独自跑回来了。当我跑得浑身是汗,快要进村时,看见她一个人站在树下。她脸上的神情,使我猜出她早看到我从道上跑来,有意在那里等我。

我刚跑到离她几步远的地方,忽然听到她唤我的乳名。那拖长的声音是很微弱的,险些被风湮没,但我还是听出那声音里蕴含着竭力掩饰的母爱。我走近她,她似乎担心着什么,四下里看了看,见远近没有旁人,这才弯下身,用她的衣袖给我擦去脸上的汗水。然后,她又捧住我的脸,用我所熟悉的那种慈爱的目光端详着。许是我的眉毛上沾了腐烂的水草或别的什么脏东西,她在端详了我一会儿之后,撩起衣襟,用唾沫湿润了,在我眉毛上轻轻擦着。我分明觉出她纤弱的手指抖个不停。

"你爹亲你不?""亲。""你娘哩?""也亲。""姐姐们呢?""都亲。"她给我擦着脸,问过这些之后,脸上如释重负般显出淡淡的笑容。看她那样子,还想问些什么,恰在这时候远处有人走来,她便急忙打开衣襟,从内衣口袋里摸出几块糖。从那糖纸上来看,我知道那是普通的水果糖,颜色说黄不黄,说黑不黑,吃起来有股白薯干的味道。

"拿着吃吧。"她微笑着把糖递给我。那糖不知道在口袋里装了多久,软软的,带着她身体的温热和汗味,揉皱了的纸上粘着层棉花毛似的东西。

在此后的日子里,我还常到村口玩,她有时也像以往那样偷偷地看我,只不过目光同过去比有些异样,呆滞的,流露出内心里深深的忧伤,仿佛有一件本来属于她,为她所喜爱的东西被人拿去了,她想要又不敢要,不要心里又割舍不下,而且苦于不知道用什么方法去要。

这样大约过了一两年,又发生了两件让我忘不掉的事。

一个秋天的假期,我去村北的地里拾柴火回来遇上了她。那时候,村北口是生产队的菜园,种了大片的茄子、白菜、辣椒之类的蔬菜。大概是家里生活困难,

因为爱·母爱

为了多挣几个工分的缘故,她才拖着病弱的身子来这里看菜,乡下人叫瞅地,也就是负责赶一赶鸡呀、鹅呀、鸭呀,不让它们来糟蹋庄稼。我那天见到她时,她正坐在枣树林的阴凉里纳鞋底,因为听到我吼喊着唱歌的声音才抬起头来。那一刻,我发现她的目光格外亮,像是突然间觅见她久寻不得的稀奇之物。"拾柴火去啦?"她问过之后,招呼我说,"你来我这里坐会儿吧,这凉快,落落汗。"我累了,脸上淌着汗,也该歇会儿,且看到她针线筐里盛着一些红枣,极想吃,便把柴筐放到她跟前,自己坐在上边。

"你吃枣吧,刚摘的,不蔫,挺甜的。"她把已经捧在手里的枣倒在我怀里。我一只手捧着枣儿,一只手便拣了枣在短裤上擦擦,吃着。也许是我吃枣的样子很有意思,她那和蔼的目光一刻不停地在我脸上转悠着,还伸出手来捏一捏我的胳膊,摸一摸我的脊背,好像是看我身上的肉厚不厚,使我很难为情。之后,她又问我在学校的情况。我在学校里很调皮,是短不了被老师罚站的,可我没敢说实话,怕她说我是个坏孩子。她听我说在学校里的表现不错,显出很满意的样子。突然,她的目光落在我赤裸的脚上,不禁变了脸色,也不嫌我的脚脏,一下子用双手捧起来:"这是怎么啦?"我告诉她,我的脚趾在拾柴火时被高粱茬扎了,化了脓,不能穿鞋。

她并不松开我的脚,从针线筐里拿出一块破布,轻轻擦着脚趾上的泥,见脚肿得很厉害,又问:"你娘不管你?"我笑着说:"管,可我不听,嫌在家里闷得慌。"她的眼圈湿润了,眼皮连着眨巴了好几下,才没让泪水涌出来。接着,她一边嘱咐我往后做事小心点儿,别磕了鼻子跌了脸,一边从针线筐里拣出块干净的,大概是掩鞋底的白布条,把我的脚趾裹好,用线捆了。可是,过了一会儿,她脸上出现了一种猜不透的表情,犹豫着又把布条解下来:"回去吧,让你娘给你包好,别再黏了脏东西。"

我不知道她为什么要把裹好的布条又解下来,回到家里问娘。娘一听,脸色陡然间变得怕人,指着我的鼻子说:"她是疯子,以后别理她!"

那么和善个人,怎么会是个疯子呢?我大惑不解。

就在这件事发生不久,记不清因为什么事惹怒了爹娘,爹打了我一顿,我便使性子不回家。天将黑的时候,爹娘喊着我的名字,从前街跑到后街,从村东绕到村西。我听到他们喊,却躲着不露面,怕爹更生我的气,再打我。

母亲的背是最安稳的床

天完全黑了,已经亮了星星。我躲在一家墙角的黑影里,四下里看,很害怕,就走到亮处来,心想万一爹或娘再找过来,就跟了他们回去,挨顿打,总比在大街上过夜好。

我刚在亮处站了一会儿,就见一个人沿着街慢慢走过来。就是在古槐下常见的女人。只见她一边走一边四下里看,有几次还站到墙跟前的柴草垛那儿寻找着什么。等她走得离我近了,在一辆破废的大车跟前停下来时,我忽然听到她低声唤着我的名字。起初,我以为听错了,再听,果真是唤我,而且声音那般亲切,差点儿使我一下子扑进她的怀里。

她看见了我,立刻情不自禁地把我搂进她的怀里,问我为什么不回家,并说早已听到我爹娘在喊我了。我听出她说话的声音跟平时很不一样,因激动而有些颤抖。

我还看到她脸上有亮闪闪的东西,不知是汗水还是泪水。

她催我回家。我听了她的话,沿着一条窄而长的胡同往家里走。这胡同一半被月光照着,一半沉在黑暗中,平时常有狗啊猫的突然从谁家的门洞里冷不丁蹿出来,怪叫人害怕的,所以,天一黑,孩子们大都不敢从这里走了。这天晚上,我光想着挨打的事,忘了害怕,只是匆匆忙忙往前走。当我快走出胡同口时,无意中回头一望,发现有人远远地跟着我。我走进家门,再好奇地往回看时,那个人停下来,片刻后便转身走了。我从那走路的样子,猜出是催我回家的女人。

没想到,这是我最后一次见她。因为没多久她就病逝了。然而,那送丧的人群里本该有我,却少了我。

多少年之后,我才知道这个总是那样关心着我的女人原来就是我的生母!我的生父与养父交情很深,养父多女无子,便把我要了过来,且郑重言明,以后再不准与骨肉之亲有任何来往,亲生父母更不许再认我,无疑是怕我知道内情之后近亲生远抚养。我不敢说这是乡间的陋俗,但它是乡间多少年沿袭的规矩,正是因为这规矩,生母对我只能悄悄地爱,战战兢兢地爱,也是压抑着将要喷涌出心田的复杂感情去爱。

这是一种奇异的母爱。

远处，那一盏灯

凌子叶

许多年之前，我是一个性情执拗、决不服输的女孩子，我固执地以为，自己的思想已经达到了一种同龄的孩子所无法达到的深度，对什么事情都看得很透彻，我厌恶周围的人和事，并希望自己能够摆脱身边的一切约束，按照自己心目中的理想方式，自由自在地生活。

在一个冬日的早晨，我再次和母亲吵了架，再次被她数落之后，我的心里充满了不满和委屈。于是，我独自一个人离开了家，漫无目的地到旷野中流浪去了。

寒冬腊月的风是那样的冰冷刺骨，"呜呜"地在山谷里作响，萧瑟的草木在冰天雪地里哀鸣。此时此刻，空旷寂寥的天空，连飞鸟的影子也很少能看得见。但我的内心在愤懑之余，却有一种莫名其妙的兴奋，我隐约感觉到自己已经逃离了苦海，我要走向一个无拘无束、自由快乐的天地了。于是，我顺着一个方向不停地走，翻过一道道山梁，穿过一条条河流，走过一个个不知名的村庄……

整整一天的跋涉之后，天在不知不觉中暗了下来，周围的一切开始渐渐模糊起来，我的脚步也越来越沉重了。

天越来越黑，我不知道自己该朝哪个方向去，饥饿、劳累和黑夜让我的内心产生了一种从未有过的恐慌。我在山梁上一个避风的地方蹲下来小憩，山下的一个村子里传来几声狗叫，还夹杂着几声孩子的啼哭声。我忽然觉得这一切是那样的熟悉和亲切，我忍不住想靠近那些声音，但我很快抑制住了自己这种冲动——因为我清楚地知道，自己现在是来到了一个陌生的地方了，这里不是自己的家，这里没有自己的父母兄妹，没有一个自己的亲人。

此时的我，还想保留一点儿自己所谓的个性，因为在我内心深处，还恣意地生长着对家人的怨恨，我还在为早上母亲数落我的那些话而愤愤不平。

风越来越大，天越来越冷了，我裹紧身上的棉衣，可还是感觉风像冰冷的刀子一样钻进我的衣襟里，冰凉彻骨，冷得我上下牙直打架。

那晚没有月亮，灰白的天幕上，那些星星眨着嘲弄的小眼睛似乎在讥笑我的瑟缩和恐惧。

饥饿和寒冷不断地侵袭着我，我感觉到了一种从未有过的无助和孤寂，于是，我开始哭，起初只是默默地流泪，到后来就抑制不住小声地抽泣，再后来，我就开始大哭，我第一次发现，在这样的地方号哭，是没有人同情我、劝慰我的，而我也不用为自己的失态而感到羞惭。

可是当我哭了一会儿之后，我脑海里似乎突然有一个极细微的声音在问："你为什么哭啊？你哭给谁看呢？没有人会可怜你的！"

一种愧疚的情绪立刻包围了我。是啊，我为什么哭啊？事实上，并没有人给我什么大不了的伤害，我只是因为早上起床时，不肯穿母亲新做的那件看上去十分臃肿的蓝花袄而跟母亲发生了争执——那袄的面子是用大姐的旧衣服改成的，看上去是那样的陈旧和土气。

而母亲也并没有十分为难我，她只是满怀委屈地说："你都十三岁了，还不晓得理解大人的心思吗？咱家实在太穷了！你爹常年不在家，我一个妇道人家带着你们姐妹七个容易吗？你有没有为我这个做娘的想过一点点儿……"

一顿大哭之后，我的心里豁然亮堂了起来，这时候，我倒是真的想到了母亲的艰辛和不易：她为了养活一家老小，从早到晚地忙碌着，每天晚上，在我进入梦乡之前，她那双像松树皮一样粗糙的手从来没有闲过，不是剥花生，就是捻玉米，要么就是凑在灯下给我们缝补衣服。她白天已经在农田里劳动了一天了，有时做着做着，就开始打瞌睡，头缓缓地垂下去，垂下去，然后再极力地抬起来，用力摇动一下，可是过不了多久，又开始重复那个动作……每当这个时候，母亲的身边总是放一盆冷水和一条毛巾，就连天寒地冻的严冬也不例外，她总是说，擦把脸就精神了！

我忽然想：这个时候，母亲在做什么呢？她的手到了冬天总是开裂子，那些裂子又因为白天的不停劳作而张开血口子，痛得钻心彻骨！每当这样的夜晚，懂事的大姐就会走上前去，用村里那个土医生配的冻疮膏给母亲涂抹。这时的大姐，每抹一下就关切地看一下母亲的脸，生怕会弄痛了母亲，而母亲回望大姐的眼神也是慈祥而柔和的，柔和到让我产生了强烈的嫉妒，至于我每次和母亲发生争执时总是冲她喊："你是偏心眼子，你就是只知道疼大姐和小弟，你压根就没喜欢过我！"

母亲很无奈，表情难过地望着我，她并不善言辞，可是看我一副振振有词的样子，又忍不住说道："你大姐是怎样的一个人？你弟才六岁啊，几个孩子当中就数你小心眼儿，容不下人！"

这是我最忌讳的"评价"了，可是母亲每次生气时的评价偏偏就是这样直截了当，让我忍不住大发雷霆，以为这就是她一直以来对我错误的指责，也正是她这种不公平的指责才导致我们兄妹几个斗嘴时，他们也总是学着母亲的口吻说"小心眼子""小心眼子"，弄得我百口莫辩，狼狈不堪。

然而，此时此刻，我真的察觉到了自己的心胸狭隘！大姐对我多好啊！尽管我有事儿没事儿总是针对她摆邪使性，可是她从不生气，总是把好吃的饭菜、好玩儿的东西留给我，晚上睡觉时她也总记得帮我掩被子……还有我的小弟，他还那么小，就记得下雨时给我往学校送伞，有一次他在路上跌倒了，弄得像个泥猴儿……

我一边想，一边自责，一边想，一边流泪，一整天的疲惫让我眼前逐渐模糊起来。

不行，我不能睡在野地里，万一要是有个豺狼虎豹的碰巧走过来把我吃掉怎么办？母亲、父亲和家人该多着急啊！还有，这世上的妖魔鬼怪可都是张牙舞爪、心狠手辣的啊，绝不会对我这样一个小孩子心慈手软的……

这样想着，我越来越感到心惊胆战了。

于是，我一刻也不敢在这里停留了，趁着星光，没命地朝着自己来时的方向狂奔而去。

也不知跑了多少时候，总之是我跑得筋疲力尽，一点力气也没有了，可是山路还是那么远，似乎没有尽头，它为什么这么崎岖不平呢？我会不会是迷路了？我还能找到回家的路吗？我困惑了，迷茫了。

这时，突然之间，我望见了远处有点亮光，哦，那是一盏灯！

我的第一感觉是:"不会是鬼火吧?"

于是,我猛地停住了疲惫不堪的脚步,无助地望着那盏灯。

就在这时,我听到母亲带着哭声的沙哑的呼唤:"孩子,我的孩子,你在哪儿啊?快回来吧!"虽然隔得远了,声音是那样的微弱,可听在我的耳中却格外的清晰、格外的亲切。

那的的确确是我的母亲,她来接我回家了!我又可以回到自己那个充满温暖的家了!我又可以见到我的父母姐弟了!我心中一阵狂喜,也不知从哪里来了一股子力量,发疯似的冲向那盏灯。

当我冲到母亲面前时,在微弱的灯光下,我看到她的脸上挂满了泪水。那一瞬间,我注意到母亲看上去十分狼狈:一身朴素的家常衣服上挂了两道很显眼的口子,平时梳理得很整齐的发髻也散落下来,右半边脸上还有一道血口子。

我哽咽着扑到她怀里问:"娘,你这是怎么了?"

母亲紧紧地把我搂在怀里说:"唉,终究是年岁不饶人啊,我走着走着就迷路了,这一整天我都在野地里乱撞,结果一脚踩空,滚到山坡下去了。"

我的泪水"哗哗"地往下淌,这时我才猛然想起,母亲八岁那年害过一场病,她的视力很弱,很弱,即使是在白天,她也只能看到很短距离内的东西。

那个冬夜,握在母亲手里的那盏灯照亮了一段崎岖不平的山路,也照亮了一个十三岁孩子的心路。在以后的日子,我常常想起那盏灯,那盏泛着橘黄色光芒的马蹄灯!

图书在版编目（CIP）数据

母亲的背是最安稳的床/何风主编；《读者》图书部编.—西安：未来出版社，2017.1
（因为爱系列）
ISBN 978-7-5417-5953-6

Ⅰ.①母… Ⅱ.①何…②读… Ⅲ.①散文集—中国—当代 Ⅳ.①I267

中国版本图书馆CIP数据核字（2017）第018924号

因为爱系列

母亲的背是最安稳的床
MUQIN DE BEI SHI ZUI ANWEN DE CHUANG

何风／主编　《读者》图书部／编

| 总 策 划：孟讲儒　李　进 |
| 执行策划：唐荣跃　柴　冕 |
| 责任编辑：杨雅晖　雷露深 |
| 装帧设计：许　歌　张　涛 |
| 内文绘图：远　飞 |
| 封面绘图：远　飞 |
| 发行总监：董晓明 |
| 营销宣传：薛少华　陈　欣 |
| 出版发行：陕西新华出版传媒集团　未来出版社（西安市丰庆路91号　电话：029-84287959） |
| 经　　销：全国新华书店 |
| 印　　刷：陕西安康天宝实业有限公司 |
| 开　　本：700 mm×1000 mm　1/16 |
| 印　　张：11　插页：10码 |
| 版　　次：2017年3月第1版 |
| 印　　次：2017年3月第1次印刷 |
| 书　　号：ISBN 978-7-5417-5953-6 |
| 定　　价：22.80元 |

版权所有　翻印必究（如发现印装质量问题，请与印厂联系，电话：0915-3910927）